中华先锋人物
故事汇

华罗庚

小杂货铺里走出的大数学家

HUA LUOGENG
XIAO ZAHUOPU LI ZOUCHU DE DA SHUXUEJIA

徐鲁 著

党建读物出版社　接力出版社

图书在版编目（CIP）数据

华罗庚：小杂货铺里走出的大数学家/徐鲁著．— 北京：党建读物出版社；南宁：接力出版社，2019.4（2025.2重印）
（中华人物故事汇．中华先锋人物故事汇）
ISBN 978-7-5099-1119-8

Ⅰ.①华… Ⅱ.①徐… Ⅲ.①传记小说-中国-当代
Ⅳ.①I247.5

中国版本图书馆CIP数据核字（2019）第006452号

华罗庚——小杂货铺里走出的大数学家

徐 鲁 著

责任编辑：肖　贵　商　晶
责任校对：高　雅　王　静　张琦锋
数学专业审核：赵　星
装帧设计：严　冬　许继云　　美术编辑：高春雷
出版发行：党建读物出版社　　接力出版社
地　　址：北京市西城区西长安街80号东楼（邮编：100815）
　　　　　广西南宁市园湖南路9号（邮编：530022）
网　　址：http://www.djcb71.com　　http://www.jielibj.com
电　　话：010-65547970/7621
经　　销：新华书店
印　　刷：保定市中画美凯印刷有限公司
2019年4月第1版　　2025年2月第21次印刷
787毫米×1092毫米　32开本　6印张　80千字
印数：243 001—251 000册　　定价：22.00元

版权所有　侵权必究

质量服务承诺：如发现缺页、错页、倒装等印装质量问题，可直接联系本社调换。
服务电话：010-65545440

写给小读者的话 ··········· 1

阁楼上的灯光 ············· 1

爸爸的杂货铺 ············· 9

幸运的遇见 ··············· 19

恩师 ····················· 27

独立与挫折 ··············· 37

困顿的日子 ··············· 43

父爱无声 ················· 51

人生第一课 ··············· 59

伟大的伯乐 ··············· 67

数学界的新星 · · · · · · · · · 77

再见，康桥 · · · · · · · · · 83

艰难岁月 · · · · · · · · · 93

数学与幼童 · · · · · · · · · 103

挚友 · · · · · · · · · 111

群星闪耀 · · · · · · · · · 119

归来 · · · · · · · · · 127

工作着是美丽的 · · · · · · · · · 137

慧眼识英才 · · · · · · · · · 145

"天才"的秘诀 · · · · · · · · · 153

崇高的理想 · · · · · · · · · 161

巨星的光焰 · · · · · · · · · 169

写给小读者的话

华罗庚(1910—1985)是我国著名的数学家、教育家,具有世界影响力,美国芝加哥科学技术博物馆把他列为当今世界八十八位数学伟人之一。

华罗庚小时候家境贫寒,初中刚读完就不再上学,在家帮助父亲打理小杂货铺。

刚刚十五岁的华罗庚对数学有着强烈的兴趣,而且勤奋好学。有一个流传甚广的故事,讲述少年华罗庚从一本《大代数》、一本《解析几何》和一本从老师那儿摘抄来的只有五十页的《微积分》开始,踏上了通往数学胜境的崎岖道路。

为了抽出时间学习,他每天闻鸡起舞,早早起来温习数学。当隔壁邻居家刚刚响起早晨磨豆腐的声音的时候,华罗庚已经就着油灯看书多时了。

这段日子,父亲时常会发现,华罗庚看书看得入了迷,竟然忘记了接待来店铺买东西的客人。这样的事多了,父亲就很生气,有几次气得把华罗庚演算用的一大堆算草纸拿来撕了,丢进了火炉里。每当这时,少年华罗庚就只好默默地拼命抱住他视之如命的算草纸,忍着眼里委屈的泪水。

曾有记者问华罗庚,当初为什么选择数学自修之路,他说:"我别无选择。学别的东西要到处跑,或者还要一些设备条件,这些我都不可能拥有。我选定自修数学,是因为它只需要一支笔、一沓纸就可以了,不需要任何设备。"

一九三〇年,华罗庚的一篇数学论文在上海《科学》杂志上发表。著名的数学大师、清华大学算学系主任熊庆来先生正好看到了这篇文章。熊庆来不愧为目光如炬的教育家和科学家,他一眼就看出了这篇论文散发出的独特魅力和奇光异彩,而且"不拘一格",把只初中毕业的华罗庚从江南小镇聘请到了清华大学,让他担任了算学系助理员,负责收发信函、打字、保管图书资料等工作，空闲时可以跟各年级的学生一起去教室听课。这样，华罗庚一边工作，一边继续自学。

在数学大师身边耳濡目染，加上华罗庚自己一直有一股勤勉、专注的钻研劲，他就像鱼儿游进了大海一样，天赋的才华和浑身的力量都得到了释放。

他进步很快，仅仅两年后，就被破格提升为助教，继而又升为讲师。后来，善于"不拘一格降人才"的熊庆来，又选送他去英国剑桥大学深造。数年后，也就是在一九三八年，华罗庚学成回国，任西南联大教授，当时年仅二十八岁。

一九四九年十月一日，中华人民共和国成立了。正在美国讲学、进行科学研究的华罗庚，听到这个消息后，立即决定回到祖国。

华罗庚对自己的亲人说："美国再富裕，科学再先进，终究是美国的。中国虽然贫穷，但她是生我养我的地方。我要和全国人民一起艰苦奋斗，使祖国富强起来。"

美国方面千方百计阻挠华罗庚回国，派人紧紧盯着他。华罗庚十分沉着，他表面上仍然像往常一样参加学术交流活动，暗中却制定了摆脱跟踪的方案。

新中国成立的第二年，华罗庚终于冲破了重重阻碍，绕道香港，毅然回到了内地。

一九七九年，在华罗庚访问英国期间，有位女学者问华罗庚："华教授，一九五〇年回国后，您后悔过吗？"

华罗庚豪爽而坚定地回答说："一点儿也不后悔！我回国，就是要用自己的力量为祖国多做些事情，并不是图舒服。我觉得，一个人活着，不是为了个人，而是为了祖国母亲！"

华罗庚的回答，博得了在场的所有人的热烈掌声。

华罗庚是一位富有家国情怀的知识分子，也是一位为新中国乃至全世界的科学事业做出了杰出贡献的数学大师。

他是中国解析数论、典型群、矩阵几何学、自守函数论与多复变函数论等很多方面研究的创始人与奠基者。国际上以华罗庚的姓氏命名的数学科研成果有"华氏定理"和"华氏不等式"等。他和数学家王元合作,在近代数论方法应用研究方面取得的一项重要成果,也被命名为"华-王方法"。

华罗庚毕生以热爱科学、勤奋学习、不求名利的精神,献身于他所热爱的数学研究,献身于祖国和人类的科学事业。

他一生的传奇故事和伟大精神,也是留给中国一代代少年儿童的宝贵财富。

那么,就让我们从他少年时代的那个小小杂货铺和那个闪耀着橘黄色灯光的小阁楼说起吧……

阁楼上的灯光

金黄的月亮,悄悄隐进了云层里,星星好像也困倦得眨起了眼睛。

夜,很深很深了。安静的小街上,窄窄的石板路反射着暗光。

一位卖汤圆的老爷爷,挑着担子,渐渐消失在小街尽头……

只有那个临街的小店铺的阁楼上,还亮着橘黄色的灯光。灯光看上去那么微弱,又那么明亮,透过一扇小窗投射出来。

小小的油灯旁,少年华罗庚正在埋头摘抄一本名叫《微积分》的书,这是他从数学老师那里借来的一本神奇的书。

书上的每一页，都写满了奇怪的演算公式和数学符号。在少年看来，它们像最美的诗句、最精彩的童话一样迷人。

哪，哪哪……

小街上传来巡夜的更夫有节奏地敲打竹梆子的声音。

一听声音就知道，已到五更天了。公鸡快要打鸣了，天也快要亮了。可是，华罗庚一点儿睡意也没有。

灯光越来越暗，灯盏里的豆油快要点完了。少年放下抄书的笔，揉了揉眼睛，一页一页欣赏着自己抄写的那些数学公式。

这时候，从对门邻居家传来大清早起来磨豆腐的声音……

"早呀，罗庚哥哥，你又熬夜了吧？"

每天大清早，邻居家那个小女孩，总是挥着小手，第一个向他问早安。

"你也早呀，小玲玲！真是个勤快的小妹妹，每天这么早起来帮妈妈磨豆腐！"

少年华罗庚推开小阁楼的窗户，和小女孩说

着话。

"嘻嘻,早起的鸟儿有虫吃!你更勤快呀,每天都用功到深夜。一会儿来我家吃豆腐脑吧。"小女孩一边忙活,一边说,"我又给你捡回了一些算草纸哟!"

是呀,少年华罗庚现在最喜欢、最需要的东西,就是算草纸。

因为家境贫寒,华罗庚刚刚读完初中就不再上学了,在家里帮爸爸打理这个小杂货铺。

可是,他太喜欢读书了,特别喜欢数学。

爸爸买回来给顾客包东西用的旧纸张,都被他用来做演算了。只要一做起数学演算来,他就忘记了周围的一切,有时就连来店铺买东西的客人也不管。

这样的事多了,爸爸就很生气。

有好几次,爸爸气得把华罗庚演算用的一大沓算草纸撕碎了,丢进了火炉里。

每当这个时候,华罗庚心里都好难受啊!

他忍着委屈的泪水,默默地收拾着、护着剩下的那些算草纸。

他知道，爸爸开办这个杂货铺很不容易，全家人都靠这个小杂货铺过日子呢！

不过，爸爸很快也懊悔了。

夜深人静的时候，爸爸蹑手蹑脚地探头到小阁楼上，看到儿子在微弱的灯光下聚精会神地用功读书，他是多么心疼啊！

爸爸轻轻地给儿子披上一件单衣，说："不早了，睡一会儿吧，可别把眼睛熬坏了呀！"

"不要紧，爸爸，"华罗庚揉了揉疲倦的眼睛，低下头说，"对不起，爸爸，是我不好，没有看好店铺，原谅我吧……"

"孩子，爸爸没念过多少书，你天天在纸上演算的那些东西，真的……有用吗？"爸爸试探着问道。

"当然啦，爸爸，咱们中国古代人民，老早就为人类的数学做出了巨大的贡献，像《周髀算经》《九章算术》，还有《孙子算经》，都是中华古代文明的一部分，也是世界上有名的数学著作呢！"

少年华罗庚说起数学来，比对小杂货铺里那些货品要熟悉多了。

"唉，都怪爸爸，没有能力供你继续念书啊！"爸爸叹着气，轻轻拍了拍儿子的肩膀。

有一天，爸爸从外面进货回来，递给华罗庚一个用旧报纸包裹的纸包，说："你看看，这个……对你有没有用？"

这是一本破旧的数学书，书名叫《大代数》。

深蓝色的封面有点卷角了，可是在这个少年看来，它湛蓝得就像美丽的大海，也像深邃的夜空。

华罗庚双手捧着这本书，就像捧着一个珍贵的宝瓶。

"谢谢你，爸爸！"他给爸爸深深地鞠了一躬。

他抬起头时，眸子里噙着晶莹的泪水。

又到深夜了。像宝石一样的星星，在小阁楼上空，在静静的小城上空，闪耀着……

星星们好像在注视和陪伴着那个闪烁着橘黄色灯光的窗口。

安静的小街上，窄窄的石板路仍然反射着暗光。

那位卖汤圆的老爷爷，又挑着担子，渐渐消失在小街尽头……

哦，那个名叫玲玲的小女孩，也站在小街对面的屋檐下，远远地望着灯光闪烁的小阁楼。

少年华罗庚埋头演算的影子，清清楚楚地映在窗户上……

金黄的月亮像一只小船，慢慢地摇进了云层里。

罗庚哥哥，晚安哟！你的梦想……一定会实现的！小玲玲怀里抱着一沓给华罗庚收集的算草纸，望着小阁楼上的灯光，在心里说道。

爸爸的杂货铺

少年华罗庚出生和成长在金坛这座小县城,它位于江苏省西部,太湖以西,茅山东麓。

据说,茅山一带有座山叫金坛,这两个字在人们看来十分吉利,就被用作了县名。

金坛县虽然面积不大,但是因为濒临浩瀚的太湖,县城南边还有碧波荡漾的洮湖,县城内外河网交错,水陆交通十分方便。金坛县土地肥沃,盛产米粮和蚕丝,是江南有名的鱼米之乡,也被誉为镶嵌在美丽富庶的江南原野上的一颗明珠。

小城里有一座年代久远的石拱桥,叫清河桥。

华罗庚家的那个小杂货铺,就开设在清河桥下面。

华罗庚的爸爸名叫华瑞栋，街坊邻居都亲切地称他"华老祥"。

华老祥原本是邻县丹阳人，曾经在丹阳经营过一个小丝绸店。不幸的是，后来因为一次意外失火，小丝绸店被烧成了灰烬。

这场大火不仅夺走了华老祥的全部家当，也几乎焚毁了这个一向本本分分、兢兢业业的老实人对生活的希望。

所幸的是，最终他咬紧牙关，从灰烬中重新站了起来。

后来几经辗转，华老祥来到金坛落户，在清河桥下重新开设了一个小杂货铺，取名"乾生泰"。

华罗庚童年的大部分时光，就在这座小石桥下，在这个小小的杂货铺里，安静而寂寞地度过。

因为这一带乡下有很多桑田，农人们擅长养蚕缫丝，所以小镇上、县城里经营蚕丝生意的人也不少。

每年蚕丝上市的季节，华老祥会下乡替人收购一次蚕丝。其余大部分时间，他就守着小杂货铺，卖点普通人家日常生活中不能缺少的针头线脑、油盐酱醋、香烟火柴之类的东西。

小小的杂货铺,勉强能够维持一家人的生计。

在华罗庚出生前,华家已经有了一个女儿,名叫莲青。可是,在那个重男轻女的时代,华老祥多么想能有一个儿子啊!

一九一〇年(清宣统二年)十一月十二日,伴随着一阵响亮的啼哭声,一个男婴降生了,给平日里总是愁眉苦脸的华老祥带来了新的希望。

这一年华老祥四十岁,可以说是老来得子。

他内心的喜悦,他在后来的日子里对这个儿子寄予的无限疼爱和希望,是任何语言都无法形容的。

该给孩子取个什么吉利的名字呢?

遵照当地的习俗,华老祥拿来一只箩筐,象征性地在小宝贝身上扣一下。

原来,当地民间传说,小孩子出生后用箩筐扣一下,寓意"把根留住",可以辟邪消灾,大吉大利,长命百岁。

"箩根,箩根,"华老祥念念有词地说道,"箩罗同音,就给孩子取名'罗庚'吧!"

小罗庚是华家的一根姗姗来迟的"独苗",爸爸、妈妈和姐姐对他疼爱有加,百般呵护。

可是,华罗庚年幼的时候,却遭遇过惊险的一幕,以至于全家人每次想起来都心有余悸。

事情发生在小罗庚三岁那年。

快到年关了,一天,妈妈抱着小罗庚,坐着一辆人力推车,回丹阳老家去走亲戚。

那天正赶上雨夹雪的天气,道路泥泞湿滑,很不好走。

人力推车走上一座小桥时,因为推车人没有踏稳步子,一不小心就连人带车滚到桥下的河里去了。

"快来人哪!救命啊……"

妈妈惊恐地喊叫着,在冰冷的水中拼命挣扎着,把小罗庚托举到河面上。小罗庚也吓得哇哇大哭着。

"快来救救我的孩子……"妈妈已经呛了好几口水,一直在用力挣扎着。

她心中只有一个念头:一定要保住孩子!哪怕是自己淹死了,也要用自己的生命去救回孩子!

就在这时,那个推车人拼命游到了小罗庚和他妈妈身边,奋力把母子二人推上了岸。

"这是老天在保佑啊!给我们华家保住了这条根啊!"

经历了此次大难之后,原本平日里就喜欢求神拜佛的妈妈,更加虔诚了。留在小罗庚童年记忆里的妈妈,经常双手合十,祈求儿子和一家人平安。

金坛县城东门外的青龙山上有一座小庙。每年开春时节赶庙会的时候,人们就会把庙里的菩萨"请"下山来。华罗庚十岁那年庙会,菩萨又被请下山来,小罗庚也跟着姐姐莲青挤在人群里看热闹。

"姐姐,你说菩萨真的能保佑人们平平安安吗?我就不信!"

小罗庚一边看热闹,一边跟姐姐嚷嚷着说。

"不要乱讲,罗罗!"姐姐赶紧捂住华罗庚的嘴,自言自语道,"菩萨大慈大悲,莫要怪罪我弟,他还是个不懂事的小孩……"

姐姐像爸爸、妈妈一样,对弟弟也是疼爱得不得了,生怕弟弟有个什么闪失。

可是，等到庙会散了的时候，姐姐突然发现，不知道什么时候，弟弟已经不见了。

这还得了！姐姐急得快要哭了。

她跑回家里寻找，发现弟弟并没有回家。

爸爸妈妈一听，也顿时都慌了神，分头上街寻找小罗庚去了。

莲青跑到站岗的巡警那里问："你见到我弟弟罗罗了吗？"

"没有啊！不过金坛就这么大个地方，你放心吧，丢不了的！"巡警安慰莲青说。

这时候，天快要黑下来了，大街小巷都变得冷冷清清的。

"会不会是去河边玩，又掉到河里去了？"想到这里，姐姐害怕极了，不敢再往下想了，难过得大哭了起来。

等到晚饭都已经凉了，满天的星星升起的时候，小罗庚竟然哼着儿歌，嬉笑着回到了小杂货铺里。

"小祖宗，你这是跑到哪里野去了？你这是想要我的老命是不是？"华老祥见儿子回来了，真是又喜又气。

"罗罗,你怎么能一个人跑掉呢?你可把阿妈和阿爸急死了!"姐姐莲青这时候也从外面回来了,她惊喜地抹着眼泪,拍打着罗庚说,"庙会早就散了,你到底跑到哪里玩去了?"

"阿姐,阿妈,我到青龙山的庙里去了。你们这下子可以明白了,那个菩萨是假的,是人装扮的!"

小罗庚独自离开姐姐和看热闹的人群,原来是去探究自己心中的一个疑问去了。

"阿妈,你往后也不要给菩萨磕头了!"

"哎呀,罪过啊,小孩子家懂得什么?莫要胡说八道!"阿妈和阿爸赶紧训斥罗庚说,"你要记住,你的小命,就是救苦救难的菩萨保佑才保住的!"

小罗庚的这次"行动"和"发现",虽然并没能改变阿爸阿妈和阿姐的迷信心理,但是却让他从此明白了一个道理:

要想探究清楚一些事情的真相,必须自己去亲眼见证。

华罗庚在童年时代，总是喜欢"呆头呆脑"地想问题，小小年纪，好像装着无数的心事。

有时候，他独自站在小河边，或者是在小杂货铺的柜台前，想啊想……他沉浸在自己的想象和心事里，有时都忘了和来小店里买东西的人们打招呼。

这样的事情多了，街坊邻居，还有一些小伙伴，就给他起了个绰号，叫"罗呆子"。

他的小学时光是和阿姐莲青一起，在金坛县城小南门外的仁劬小学度过的。小学一毕业，姐姐就不再读书了，因为在那个年代，平民家的女孩子认识几个字、能记一点儿简单的账就可以了，不兴念太多的书。

更何况，那时候还有"女子无才便是德"的传统陋习在作怪！

但是男孩子就不一样了。华罗庚家里的经济状况虽然比较窘迫，但是全家人哪怕省吃俭用，也会让华罗庚继续求学念书。

望子成龙，也是华老祥内心最大的希望。

一九二二年，少年华罗庚进入了新开办的金坛县立初级中学继续念书。

谁也不知道,这个从小小杂货铺里走出来的平民之家的少年,此时已经悄悄踏上了日后成为一位世界级数学大师的道路……

幸运的遇见

金坛县的历史上,出过不少历史和文化名人,如唐代诗人储光羲、戴叔伦,明代医学家王肯堂,清代学者、书法家于敏中,清代学者、《说文解字注》的作者段玉裁,近代法学家杨兆龙,等等。

著名文学翻译家、教育家王维克先生,也是金坛人。

一九〇〇年(清光绪二十六年),王维克出生在金坛县冯庄村。他比华罗庚大十岁,是对华罗庚的一生产生过巨大影响的人。

王维克的父亲是清代的一位秀才,当过塾师,王维克从小就受到了良好的家教。十七岁的时候,他考入了当时有名的南京河海工程专门学校(今河海大学前身），与后来成为中国共产党早期党员的张闻天、沈泽民等成了大学同学。在五四运动浪潮中，王维克怀着一腔爱国热情，积极地投身于反帝反封建宣传，被学校开除。之后，王维克进入上海大同大学学习数理专业，毕业后又到震旦大学专修法语。

一九二五年，他与一些同学一道赴法国留学，在巴黎大学学习数学、物理和天文学。正是在这个时期，他有幸成了伟大的女科学家、曾两次获得诺贝尔奖的居里夫人的一名中国学生。

居里夫人逝世时，王维克曾在上海的报纸上发表过一篇文章《忆我的老师居里夫人》，表达了自己对居里夫人深深的怀念之情。

除了数学、物理和天文学，王维克还十分爱好文学，喜欢翻译工作。

他用散文体翻译的意大利诗人但丁的经典名作《神曲》，直到今天仍然被文学翻译界津津乐道。

此外，他还翻译过印度史诗《沙恭达罗》以及《法国名剧四种》《法国文学史》，还有俄国作家屠格涅夫的散文诗集、比利时剧作家梅特林克的名剧

《青鸟》等。

一九二八年，王维克学成归国，先是在上海的中国公学担任教授，第二年，因为他回金坛成婚，家乡人就挽留他，在本地担任了金坛县立初级中学校长。

在那个年代里，能在当地担任小学、中学校长的人，社会地位和名望都很高，被称为"乡贤"，备受人们尊重。

其实，早在五六年前，也就是一九二三年，王维克就在家乡的这所学校当过教员。当时学校刚刚开办起来，少年华罗庚成了县立初级中学的首届学生之一。

少年华罗庚刚迈进初级中学大门那会儿，玩性挺大，学习上不太用心，但是仍然喜欢独自待在一边，看上去呆呆傻傻的样子。

其实他的小脑袋瓜里，总是装着很多问题。

那时候他的字也写得歪歪扭扭的，像小螃蟹在满地爬一样。

有一位老师看了他写的作业，就摇摇头、叹叹气说："我看这个小呆子啊，是很难有什么前程的哟！你们看他写的字，简直像小螃蟹在泥地上爬过时留下的脚印。"

有的老师还说："也许，这个孩子是被他阿爸阿妈疼爱得太深了！"

但是，有一位老师却不这么看，他就是王维克老师——华罗庚的班主任。

王维克笑着说："不错，华罗庚的字写得确实不怎么好看，从这一点看，这个孩子将来成为书法家的可能性很小，但是，不知你们发现没有，他在数学方面的天赋超过其他的孩子，很有培养前途呢。"

"哦？真的吗？"有的老师瞪大眼睛说，"愿闻其详。"

王维克说："刚开始时，我也和诸位先生的看法一样，认为他的字写得歪歪扭扭，横七竖八的，数学作业也写得很不清爽，常常留下不少乱涂乱改的痕迹。可是，后来我仔细一对照，慢慢地看出了一些端倪，原来他那些涂涂改改的地方，正好显示出了他在解题时想到的多种思路。"

"但是，他的数学成绩也并不好呢，考试经

常是勉强及格,有时还不及格。"数学老师李月波说。

"不要着急,我们且拭目以待吧,这个孩子一定是一棵好苗子!"王维克充满信心地说道。

"但愿这个孩子能如他阿爸华老祥所愿,在精打细算方面,不辜负这位老实人的期望。"有个老师说。

华罗庚后来回忆,自己刚进初中那一年,数学成绩真的是很不好,他说:"那并不是我冒犯了老师,老师故意不给我及格,不是的,只因为那时候我太贪玩了,没有好好用功学习,再加上写试卷总是写得潦潦草草的,所以这怪不得老师的。"

可是,就是这样一个曾经让老师头疼的孩子,一进入初中二年级,就像突然间变了一个人,头脑"开窍"了!

他在学习上变得很用心了,尤其对数学,简直是越来越入迷了。

王维克老师看在眼里,暗暗地露出了满意的微笑。

李月波老师也因势利导，总是鼓励少年华罗庚不断地进步。

有时候，华罗庚在数学课堂上提出的一些新的解题思路和方法，让李月波老师都感到吃惊。

很快，华罗庚的数学成绩就飞跃到了全班第一名。

许多年后，华罗庚在写给家乡中学的一封信中，这样写道："月波老师是一位难得的好教师，是他引导和培养了我对数学的兴趣，是他为我在初中三年打好了数学基础，使我得以自学数学，并以之作为一生追求和奋斗的目标，我很感谢他。"

当然，对他的学业影响更大的人，是王维克老师。

王老师就像一位善于发现千里马的伯乐，是他最早看到了少年华罗庚身上闪耀出来的奇光异彩。

他赏识华罗庚的数学才能，鼓励他勤奋学习，刻苦钻研。他还特意叮嘱华罗庚："不要不好意思，你可以经常来我这里借书看，遇到什么不懂的地方,可以随时来问我。"

在初中阶段遇到了王维克、李月波这样循循善诱的好老师,对少年华罗庚来说真可谓是幸运的遇见。

恩师

二十世纪二十年代初,全世界范围内的科学发明、科学理论探索和科学技术,正在悄悄地进入飞速发展期。

这时候,爱迪生已经发明了电灯和留声机;爱因斯坦提出了伟大的相对论;居里夫人发现了稀有的镭……

在数学领域里,那个已经困扰数学家们两个多世纪的著名的"哥德巴赫猜想",在进入二十世纪二十年代后,也开始有了一些进展。

早在十八世纪,一七四二年,德国数学家哥德巴赫发现,许多大于2的偶数,都可以写成两个素数之和(命题"1+1")。

那么，是否所有的偶数都是如此呢？

哥德巴赫对许多偶数进行了检验，果然都与自己的猜想一致，但他却无法证明这一猜想。

他写信给当时世界上最权威的瑞士数学家欧拉求教，欧拉回答他说："这个猜想肯定是个'定理'，但我也无法证明它。"

一直到欧拉去世，这个猜想仍然没有得到证明。不过，这时候它已经引起了全世界数学家的关注和重视，许多人都想证明它。

然而，经过二百多年的探索，却没有一个人能找到证明这个猜想的途径。

直到一九二〇年，挪威的一位数学家布朗，从一种古老的数学方法——"筛法"中，找到了证明这一猜想的思路，并用这种方法证明了每个充分大的偶数均可表示为9个素数之积与9个素数之积的和（命题"9+9"）。

这时候，华罗庚还在上小学。

之后的几年间，全世界各国的数学家纷纷采用"筛法"，去证明"哥德巴赫猜想"，并陆续取得进展，使这个著名的数学之谜的包围圈越来越小。

一九二四年,有一位名叫拉德马哈尔的数学家,又悄悄往前迈进了一步,他证明了"7+7"。

当然,随着包围圈越来越小,证明的难度也越来越大了,以至于数学家们有了这样的说法:自然科学的"皇后"是数学,数学的"皇冠"是数论,而"哥德巴赫猜想",就是那"皇冠上的明珠"。

可是,就在全世界的数学家都在瞩目那颗"皇冠上的明珠"的时候,少年华罗庚——我们未来的数学家,却因为家庭经济窘迫,被迫中断了学业,回家了。

于是,就出现了我们在前面故事里看到的,深夜小阁楼上的灯光所映照的一幕幕情景……

不过,少年华罗庚虽然不能继续上学,只能在家帮助爸爸打理小小的杂货铺,但是他对数学的兴趣却与日俱增。

在这期间,少年华罗庚成了王维克老师家的常客。

王维克把他视作自己的孩子,家里的各种书籍,华罗庚可以随意翻看和借阅。王维克的薪水虽然也比较微薄,但有时候还会接济华罗庚,让他买点药品和学习用具什么的。

"罗庚,千万不要灰心啊,你还年轻呢!等家里的条件好些了,我们再寻找机会,继续完成学业。"

王维克一边安慰和鼓励华罗庚,一边暗暗地为华罗庚发挥他的数学天赋寻找机会。

有了王老师的帮助和鼓励,少年华罗庚不仅对数学的兴趣越来越浓,而且渐入佳境,钻研的深度远远超出了一个初中生的水平。

有一次,华罗庚从王维克那里借到了一本美国数学家写的微积分教科书。让王维克颇感惊讶的是,华罗庚只借了十天就还回来了。

"罗庚,数学是一门有着严谨逻辑性的学科,来不得半点马虎,不可以跳着看啊!这样吧,我提几个问题,你说说看。"

王维克翻着书,提出了几个比较刁钻的问题。

结果,华罗庚都极为流畅地答对了。

王维克暗暗称许。

王维克看在眼里,鼓励他说:"有些数学知识,包括一些考试题,我看你不必在这上面再费时间了。显然，能考住你的问题，其他人做不出来；能考住别人的问题，又不值得你去做了。"

"老师，那我该怎么办啊？"华罗庚有点迷惘地问道。

"我给你拟一个论文题目，你去做吧。你的数学能力，我心中是有数的。你按照自己的思路，去做这篇论文吧。"

几天后，华罗庚又兴冲冲地来到王维克家里，送来了他写的一篇论文。论文共有两页，题目是《福尔玛最后定理之证明》。王老师一看，华罗庚论证的，竟然是数论中一道世界著名的难题。

"罗庚，你的胆子可不小啊！"王维克一边读论文，一边说道，"福尔玛提出的定理，是一个世界著名的数学难题，要想最后证明它，可不是一件轻而易举的事。"

"我觉得我可以证明它！"少年华罗庚自信满满地说道。

"据我所知，这位法国大数学家去世后，人们发现他在一部数学巨著的扉页上，留下了不少笔记，其中有对后来者的忠告和期望，也有至今仍然未解的数学难题。你想要证明的福尔玛这条定理，正是十七世纪以来许多大数学家绞尽脑汁也仍然没有解决的问题。"

王维克一边说着，一边看完了这两页论文。

华罗庚满脸期待地望着王维克，希望听到老师的肯定。

不料，王维克却神色严肃地说道："罗庚，你想想，要是每一道世界难题都能像你这样轻易地证明，那也就不能称其为世界难题了！如果要我给你一个评判的话，我只能说，你的证明所依据的公理似是而非，所以，你的结论也就无法成立！"

王维克三言两语就让乘兴而来的少年在真理面前低下头来。

"罗庚，荀子的《劝学》，我给你们讲过的：'不积跬步，无以至千里；不积小流，无以成江海。骐骥一跃，不能十步；驽马十驾，功在不舍。锲而舍之，朽木不折；锲而不舍，金石可镂。'数学是一门深奥的大学问，要想在这个领域有成就，还是要学一学蚯蚓的智慧，'蚓无爪牙之利，筋骨之强，上食埃土，下饮黄泉，用心一也'，可不要像那虽

'六跪而二螯'却'用心躁也'的螃蟹呀！"

王维克的一席话，让少年华罗庚懂得了在学术道路上应该循序渐进、没有平坦的捷径可走的道理。华罗庚把老师的谆谆教导牢牢地记在了心里。

"我还是那句话，罗庚，不要灰心，失败是成功之母嘛！"王维克拍了拍华罗庚的肩膀，又补充说，"德国有位大数学家，名叫希尔伯特，他生前最后一次参加国际数学会议时，给后人留下了二十三道数学难题。只要你对这些世界难题有兴趣，敢于去碰这些硬钉子，敢于去给这些极不容易打开的锁寻找新的钥匙，我相信你一定会有收获的！"

二十三道世界难题！此时，在少年华罗庚的心中，那些世界难题对他充满了巨大的吸引力和诱惑力。

等着我吧，你们这些难题……他当然没有说出口来，而只在心里这样想。

王维克老师出任金坛县立初级中学校长之后，有一阵子还让少年华罗庚回到学校，担任了会计，兼给初中补习班的学生补习数学。

在那个思想观念还比较封闭、习惯于因循守旧的小县城里，王维克的做法，遭到了许多人的非议。他们向县教育局局长告状，说王维克任用仅初中毕业的"不合格人员"，是对中学教员这个称号的冒犯和不敬。

于是，一向恃才傲物的王维克愤然辞职，离开金坛，受聘到湖南大学执教去了。

一九六一年十月，已经成为世界著名数学家的华罗庚，在南京参加一次数学工作者座谈会时，这样对人说过："王维克先生是我数学成绩的第一位赏识者。我这位中学老师，不仅数学好，而且在物理学、天文学方面造诣也很深，并且是一个有成就的翻译家。"

王维克先生后来也这样说过："我对罗庚所起到的作用，只是引他入门，我从来不像奶孩子一样，把他一灌一个饱，也不是将食物嚼烂了喂给他吃。我只是想法引起他想吃一样好东西的兴趣。或者说，我只是让他明白了什么是口渴的感觉，然后让他自己去寻找通往泉水的道路。我也不抱着他走，而是让他自己摸索着走，偶尔在拐弯处给他提示和指引一下而已。"

王维克先生不仅是少年华罗庚的恩师，也是华罗庚的知音，是第一位发现并极力维护和赏识华罗庚数学才能的人。

独立与挫折

在华罗庚念中学的那个时代,虽然也有文科、理科的划分,但那个时候的教育讲究的是"通识"与"博识",许多像华罗庚这样的科学家,往往是"全才",填词写赋,吟诗作对,皆能文采斐然。

有一次,语文老师出了一个比较特别的作文题目:《周公诛管叔论》。这个题目涉及中国古代的一些历史人物和事件。

管叔,姓姬,名鲜,是周文王的儿子、周武王的同母弟弟。周武王灭了商朝,建立周朝后,把管叔鲜封在管地,建立了管国。

不久,周武王死了,由他的儿子周成王继承了王位。可是,因为周成王年幼,周成王的叔叔周公旦就出面协助治理朝政。管叔鲜因为不满周公旦摄政，就联合他人发动了叛乱，结果叛乱失败，管叔鲜被周公旦诛杀，管国的封地也被收回了。

这就是历史上有名的"周公诛管叔"的故事。

周公是赫赫有名的历史人物，人们往往从正面去肯定他的所作所为，但华罗庚却在作文中写出了对周公所为的不同看法，认为周公的做法是"摄政"，算不上什么光明正大。

结果，语文老师看了华罗庚的作文后，不仅大为恼火，还在课堂上斥责华罗庚道："周公，乃圣人也，你这黄口小儿，好不狂妄，竟然大言不惭，如此妄议古代圣贤！"

这位语文老师是一位清末的秀才，在华罗庚眼里，就是一位"封建卫道士"。华罗庚的作文锋芒毕露，颇有独立思考的个性和"战斗性"，当然一下子就刺痛了这位思想陈腐的老秀才。

还有一次，这位老秀才把自己收藏的胡适的书分发给学生，让大家读了之后，每人写出一篇读后感。

华罗庚分到了一本胡适的白话诗集《尝试集》。

胡适自认为他的白话诗是成功的尝试，颇有一点儿自信和得意，还在《尝试集》的序文里，用旧体诗的形式写了四句白话诗：

"尝试成功自古无"，
放翁这话未必是。
我今为下一转语：
"自古成功在尝试。"

华罗庚读了序文里的这四句诗，就想：陆放翁说的意思是"一试成功"自古无，胡适说的意思是只有尝试才能成功，这是两个不同的概念，各有各的道理。而胡适拿他自己的概念，去否定陆放翁的概念，这是逻辑混乱。

于是，少年华罗庚就在自己的读后感里，把胡适这位大名鼎鼎的新文化运动的主将之一狠狠地奚落了一番。

华罗庚写道："胡适序诗逻辑混乱，狗屁不通，不堪卒读！"然后他把文章交给了老师。

那位老秀才一看华罗庚的读后感，不禁又火冒三丈，跳脚嚷道："亵渎斯文，狂妄至极！孺子不可教也，不可教也！"

恼怒之下，这位语文老师给了华罗庚四个字的批语：懒人懒话！

从此，在这位"老学究"眼里，华罗庚成了一个标准的劣等生。

没想到，许多年过后，一九四六年，当华罗庚已经成为著名数学家和大学教授，有机会回金坛看望老师们时，这位语文老师竟然一反常态，对华罗庚说："罗庚啊，我可是早就看出，你那时候每每作文就气度不凡，文章从来不落窠臼！"

这话说得其实也对。华罗庚那时候每次作文都不盲从流俗，也不迷信权威，喜欢表达自己独立的思考和见解，确实是不落窠臼。

许多年后，华罗庚在一首诗中回忆了自己的成长经历，也抒发了这样的感悟：

神奇妙算古名词，师承前人沿用之。
神奇化易是坦途，易化神奇不足提。
妙算还从拙中来，愚公智叟两分开。

积久方显愚公智,发白才知智叟呆。
埋头苦干是第一,熟练生出百巧来。
勤能补拙是良训,一分辛苦一分才。

一九二五年夏季,华罗庚以全班第二名的好成绩,从金坛县立初级中学毕业。

因为家境贫寒,生活窘迫,爸爸无力供他继续上学念书了,少年华罗庚也想尽早找点谋生的出路,至少能学点技能,挣点薪水,帮助爸爸养家糊口。于是,他就悄悄报名,一举考取了上海中华职业学校。

他想,如果能从这样的职业学校毕业,出来后至少可以谋到会计之类的差事。

华老祥爱子心切,只好东借西凑,凑了一点儿学费,把儿子送到了上海。

有一天,数学老师发考试卷子。他先发自认为是好学生的卷子,然后发中等的,最后发的是他认为成绩最差的学生的卷子。

华罗庚的卷子被归到了最后发的卷子里。

"华罗庚,这么简单的题,你为什么还能答

错？"老师问。

"先生，我只是采用了一种不同的方法而已，怎么能说是答错了呢？"

原来，华罗庚这次答题用的是他自己创造的"直接法"，和这个老师照本宣科教的解题方法并不一样。

华罗庚年少气盛，大步跨上讲台，一面在黑板上写公式，一面讲了自己创造的新解题方法。

华罗庚思路清晰，解题方法也比老师的解法简捷多了，同学们都认为他这个解法更好。

但后来，华罗庚家中实在拿不出学费了，他只好退学，连张文凭也没拿到，两手空空地又回到了金坛。

他想尽早出来谋个会计之类的差事、帮助爸爸养家糊口的想法，也落空了。

困顿的日子

华罗庚从上海回到了爸爸的小杂货铺里。

"罗罗,不要再胡思乱想了。"爸爸安慰儿子说,"我老啦,不中用了,往后你就守着这个店,安生地过日子吧,至少不会饿死。"

一段困顿而迷惘的日子,就这样开始了。

多年以后,华罗庚回忆起这段生活,这样说道:"那正是我应当受教育的年月,但一个'穷'字,剥夺掉我的梦想,我在西北风口上,擦着清水鼻涕,一双草鞋一支烟,一把灯草一根针地为了活命而挣扎。"

他就像是一只渴望展翅飞翔的小鹰,却被囚禁在了狭窄的竹笼里。

可是,"少年心事当拿云,谁念幽寒坐呜呃",正是渴望在天上飞的年纪,他哪能甘心就这样收起和剪掉自己的翅膀?

守在小杂货铺的柜台后,或枯坐在小阁楼深夜的灯光下,一本《大代数》,一本《解析几何》,还有一本薄薄的只有五十页的《微积分》小册子,成了这个孤独少年身边"无声的友伴"。

他不知道已经把它们翻阅了多少遍。

似乎只有在翻阅这些书的每一章、每一页时,他才感觉到一丝喜悦和激动。

他的耳边没有音乐。

那些数字、公式、符号,就是他心中的音乐。

他的身边也没有图画。

那些几何图形、演算公式和各种曲线,就是他心中最美的图画。

他在极度的孤独和困顿中,开始了顽强的自学生涯。

那时候,金坛这个小县城也没有图书馆,要想借到一本高等数学方面的书,简直不可能。

恩师王维克先生家里有几种数学书,都被他看遍了。

这时候他最渴望得到的,不是别的,就是书!可是,在这个小县城里,偏偏书最为难得。

这让他多么苦恼啊!

他后来这样感慨:"在人的一生中,进学校读书,有老师指导当然很好,但时间总是有限的;而不在学校里读书,自学的时间却是经常的;有书可以查阅,能查到自己需要的东西不是经常的,需要经过自己加工,或是灵活运用书本上的知识,甚至创造出书本上没有的知识,这倒是比较经常的;成功是不经常的,失败倒是经常的。……现在,因为'穷',我被迫离开了学校,离开了老师和同学,完全凭自己摸索学知识,我就必须付出比别人多得多的代价,血和汗的代价,才能学会驾驭知识的本领。"

有一年冬天,已经临近春节了,杂货铺外面的小街上飘起了雪花。不一会儿,街道两边的屋顶上、墙头上,还有远处的小石桥上,都积起了厚厚的一层白雪。整个小镇,一片银装素裹。

这时,一位顾客走进店铺,一面抖搂掉身上的雪花，一面说："小阿弟，我买几支棉线，多少钱一支？"

可是，此时正在全神贯注地做着数学演算的华罗庚，头也没抬，手也不停，脱口回答说："哦，853729。"

"你说啥？多少钱？"

顾客有点蒙了，一副莫名其妙的样子。

"没错，是853729！"

"什么？一支棉线值这么多钱？"

这时候，华罗庚的爸爸闻声从柜台后面的屋子里走出来，连忙热情地招呼着顾客，解释说："我这个儿子，看书看得走火入魔了，你不要介意。你是问一支棉线的价钱吗？"

华老祥真是又气又恼，等顾客买完棉线走了，他忍不住从华罗庚手里一把把书夺了过来，大声地数落道："照这样做生意，顾客都要被你气得走光了。看书，看书，光看这些鬼画符的书有啥用啊？"

又有一天，一位顾客走进店铺买东西，还是华罗庚在看守店铺。

因为心不在焉,他一边端着书一边算账,竟然多找给了那位顾客一块大洋。

等顾客离开店铺后,华罗庚才醒悟过来,自己多找给了人家一块大洋。

对这个平时就卖点针头线脑、油盐酱醋的小杂货铺来说,一块大洋,可是一个不小的数目,这还了得!

等到华罗庚跑出去追赶时,那个贪心的顾客早就不见踪影了,而且心不在焉的华罗庚连他的容貌都没有打量过。

"这怨不得别人,是你自己算错了账,找给人家的嘛!"华老祥叹了口气说,"完了,再这样下去,这个杂货铺都会赔进去的。"

果然,又有一天,华罗庚正在计算一道题,竟把算题的得数当成顾客应付的货款,硬是说顾客付的钱还不够数。

这可着实把那个顾客吓了一跳。

好在华罗庚最终醒悟过来,原来是自己"张冠李戴"弄错了。

事后,那个顾客劝华老祥说:"老祥啊,我说句也许不当说的话,其实也是为了你们好。我看你们家罗罗啊,脑子好像出了毛病,还是早点找个郎中给看看才好呢!"

"唉!都怪那些鬼画符的'天书',把罗罗的脑子给绕呆了!这样下去,这日子可怎么过哟?"

为此,华罗庚和自己老实巴交的父亲没少发生矛盾。

"罗罗,你要知道,咱们家可不像人家那样,书香门第,祖上有状元保佑!咱是小买卖人家,能平平安安地做点小本生意糊口,就谢天谢地了,你还是脚踏实地的好。"华老祥有时也这样劝导儿子。

劝导无效时,华老祥气不打一处来,也上演过从儿子手上抢书、夺书,甚至一把把儿子那些算草纸扔进火炉的一幕幕。

可是,这些都动摇不了华罗庚的决心。

有一天,父子俩又因为华罗庚看书入迷,耽误了店铺生意的事发生了争执。

不过,华老祥这一次却犹犹豫豫,不再大声嚷嚷着要烧掉儿子的书了。这是什么原因呢?

原来，不久前，他在茶馆里喝茶，突然有一颗牙齿掉下来了。

华老祥和华罗庚的阿妈担心是不好的征兆，从此华老祥再也不动从儿子手里抢书、烧书的念头了。

华罗庚成为举世皆知的数学大师之后，外国的一本数学杂志上，曾刊登过一幅漫画，画的是他父亲手持一根烧火棍，正在威胁儿子，要把数学书扔进火炉里烧掉；华罗庚却站在一旁，把那本数学书死死地抱在胸前，躲避着父亲……

华罗庚说，这幅漫画，比较真实和生动地描绘了他在家自学数学那段日子里，经常与父亲发生矛盾和冲突的情景。

父爱无声

深沉的父爱，总是默默无言的，它会从父亲的目光、谈话和举止，甚至父亲的叹息里，默默地流露出来。所以，一位哲人曾说过，父爱，是和血液一起在血管里奔流，在心脏里跳动，遍布每根神经，充满身体各部分的……

让华罗庚的父亲彻底改变对儿子痴迷数学的态度的，是一件实实在在的事情，它让这个一生勤勤恳恳、老实巴交的小生意人，终于明白了儿子所痴迷的数学，到底是不是有用处。

秋季里的一天，华罗庚跟随父亲到金坛乡下的茧场里，给人盘点蚕茧收成。华老祥每年这个时节都会来到茧场，替人收一季蚕丝。

茧场院子里，堆满了白花花的蚕茧。父亲掌秤，儿子监秤，父子俩把该干的活干完时，已经是傍晚时分。华罗庚觉得又困又累，不知不觉就靠在一些货物上睡着了。

不一会儿，华罗庚就被惊醒了。

这时候，他看见堆放货物的仓库里，黑压压地挤着不少蚕农，一个个看上去好像很着急的样子。

"阿爸，出什么事了？"华罗庚揉着眼睛问道。

"唉，智者千虑，终有一失！有两本账对不上，相差上千块钱呢！这可怎么得了！一年辛苦恐怕是白费了！"父亲哭丧着脸，唉声叹气地说道。

"对不上账？会不会他们自己算错了？"华罗庚一边接过账本，一边对大家说，"事情还没有弄明白呢，你们就这样垂头丧气的，不值得。"

"嚯，你这口气还不小呢！莫非你有什么神机妙算，能把大家的损失算回来？"

这时，老板也觉得大家都拥挤在这里瞎嚷嚷于事无补，就劝说大家："天色晚了，你们先吃饭去吧，填饱了肚子再算！"

等大家惴惴不安地走开了，华罗庚跟老板说了一声:"让我来算一遍吧。"

说着,他拿起账本,噼里啪啦地打着算盘算了起来。

看着儿子熟练地打着算盘、核对着账目的样子,华老祥觉得,这时候的儿子可一点儿也不呆呢,相反倒是显得特别灵光。

等蚕农们吃完晚饭,又拥进仓库的时候,华罗庚已经笑着合上了厚厚的账本,对大家说道:"你们放宽心吧,账货对上了,分文不差!"

"是真的吗?罗罗,这可不是儿戏啊,上千块啊,可不是小数目!"

"你们要是不信,你们报数,我打算盘,再重算一遍嘛!"

于是,华罗庚当着大家的面,重新把账算了一遍,果然是分毫不差,账货两清。

"哎呀,华老祥,真没想到,你这个儿子还是个'活算盘'哪!谁说罗罗是呆子?那才是睁着眼睛说呆话呢!罗罗,好样的!"

"往后再碰到这种事,不用找别人了,就找罗罗给我们算!"

华老祥听了乡亲们的称赞，心里顿时觉得美滋滋的。

那一瞬间，他倒真是有点懊悔自己平时对华罗庚的态度了。原来，儿子的那些鬼画符一样的"天书"，真的是没有白念呢。

华罗庚利用自己的数学专长，在茧场里纠正了人们在账务上的偏差，让众人信服。这件事很快就在街坊间传开了。

有一天，县里有一个平时也喜欢研究中国古代算术的人，特意找到了清河桥下的华家小杂货铺。

他一见到少年华罗庚，就掏出一盒火柴，往柜台上一撒，笑着说："年轻人，最近到处都在传说，你会神机妙算，该不会是什么'怪力乱神'，或者是'三脚猫'的功夫吧？且让我来考考你，如何？"

说真的，华罗庚早就在内心里渴望着这样的挑战了，所以他一点儿也不示弱，笑着作了一下揖，说："您是前辈，请！"

那人一面在柜台上摆着火柴，一面念念有词地说道：

"这些火柴,三根三根地数,最后剩下两根,五根五根地数,最后剩下三根,七根七根地数,最后剩下两根,那么总数该是多少,你能算出来吗?"

那人话音刚落,华罗庚就干脆利落地回答说:"这有何难?总共有二十三根火柴!"

"咦?"那人暗暗吃惊,抬头问道,"小子,这么快,你是怎么算出来的?"

"很简单嘛!三三数之余二,七七数之余二,余数都是二,因此我想,这道题可以这样解:3乘7加2等于23,用5除之,恰好剩下3,所以23就是所得之数了。"

"妙哉!那你是否看过《孙子算经》?"

"这本书我只听说过,想看,却没有找到。我是用自己的'直接法'来计算的。"

"哦,果然是后生可畏!"那个人收起火柴,对华罗庚说道,"我告诉你,这可是《孙子算经》上有名的'剩余定理',你小子的聪明劲,直追孙子啊!"

"直追孙子不敢当,那是中国古代圣贤!不

过……"华罗庚说,"如果您能借给我这本《孙子算经》读一读,我倒是十分感谢的!"

"区区小事,好说好说。改日你去我那里一趟取书,我们正好再切磋一番。"

这件事过后,华老祥对儿子简直有点刮目相看了。

华罗庚后来这样感慨道:"古时候,有些人想修道成仙,大致采用两种方法:一种是自己苦修,另一种是吃'金丹'。后一种方法自然是荒唐的,但前者的苦修精神,今人在摸索学习方法时却可以采用。这种苦修精神,说起来就是'不怕困难,锲而不舍'。自修是一种比较艰苦的学习方法,但它的优点是无论何人、何时、何地都可以采用。只要我们能按部就班,不懈不怠,继之年月,它是可以帮助我们达到科学的光辉顶点的!"

一九二七年,华罗庚十七岁了。

男大当婚,女大当嫁,那个时代里,在小县城、小镇上,男女婚配一般都是奉父母之命、媒妁之言。这一年,父母为华罗庚定了一门亲事。

华罗庚的姐姐莲青有位要好的女同学,叫吴筱元,长得俊美端庄,原本是大户人家出身,可是父亲死后,家道很快中落了。

在那个讲究门当户对的时代,如果吴家不是家道中落了,华罗庚家可能无法跟吴家攀上亲事。

就在华罗庚十七岁,吴筱元十八岁这年,一顶花轿,跟着吹吹打打的迎亲队伍,把新娘子送进了贫寒的华家,一对年轻人拜堂成亲了。

在以后漫长的岁月里,他们同甘共苦,相濡以沫,互敬互爱,从青年一直走到了白发暮年……

当然,这都是后话了。

此刻,这一对沉浸在新婚的幸福和喜悦里的年轻人,哪里会想到,一连串的变故和劫难正在悄悄地靠近他们……

人生第一课

就在华罗庚成婚后不久,贴在小杂货铺里的大红"囍"字还没有褪色,不幸的阴影已经悄悄笼罩了这户善良的人家。

先是华罗庚的阿妈,因为长期操劳过度,尤其是常年在冰冷的河水里洗洗刷刷,不幸患上了疾病。

虽然请很多郎中医治过,但最终还是没能救回阿妈的命。可怜的阿妈还没来得及抱上孙儿孙女,就闭上双眼,离开了人世。

真是"屋漏偏逢连夜雨",刚刚送走了阿妈,一家人还没有从悲伤中走出来,一个致命的灾难又降临到了年轻的华罗庚头上。

当时，可怕的伤寒病正在金坛县流行，这可是令人"谈虎色变"的疾病，在当时几乎是一种不治之症！

华罗庚也不幸被伤寒病纠缠上了。

他每天发着四十度的高烧，不是昏迷不醒，就是迷迷糊糊地说胡话。

年老体衰的华老祥哪里还经得起这样的折腾啊！他这时真是叫天天不应，叫地地不灵。他一次次跑到寺庙里去拜佛求神，甚至满怀着希望，去给儿子卜卦。

而华罗庚的新婚妻子吴筱元为了给丈夫请医买药，不惜把陪嫁衣物、首饰等一趟趟地都送进了当铺。

金坛当地没有更好的医生，为了救命，家里人只能到苏州去请医生，每次要花四块大洋。

很快，华老祥为了挽救儿子的生命，几乎把全部家当都当出去了。

在华罗庚患重病期间，他的恩师王维克先生也几次登门探望，给华家送来一些资助。王老师安慰吴筱元说："莫怕，莫怕，让罗庚安心养病要紧，等身体康复了,一切都会好起来的!月薪我照样派人送来,他教的课程由我代上!"然而不久,王维克也染上伤寒病,卧床不起了。

华罗庚当然也不甘心就这样被疾病击倒。

他躺在病床上,用强大的毅力,与死神抗争着,搏斗着……

"罗庚,你可不能死啊!哪怕只有一线希望,你也要挺住啊!"年轻的妻子也不断安慰和鼓励着华罗庚。全家人拼尽全部的力量,与冷酷的死神抢夺华罗庚的生命……

就这样,这场可怕的伤寒病让还不到二十岁的华罗庚在病床上躺了整整一年。

虽然最终他的病情有好转,死神终究没有夺走他年轻的生命,但是,这场伤寒病也给他留下了严重的腿疾:两条腿无力支撑起整个身体的重量,只要直立一会儿,他就控制不住自己的身体,会扑通一下摔到地上去。

不幸染上的伤寒使他左腿关节变形,年纪轻轻左腿就终身残疾。

"我这身体,怎么这么不争气啊!这年头,身体好的人尚且不易谋生,以后我靠什么养活你们啊?"华罗庚用拳头捶打着自己的残腿,心里真是难过极了。

"你不要这样说,罗庚,能活过来就是万幸!"妻子强忍着眼泪,安慰他说,"以后有钱了,再想办法给你治。我给你找根手杖,往后你就拄着它走路……"

妻子的话给华罗庚增添了生活的勇气。在后来漫长的日子里,吴筱元成了他生活和精神上的一根最可靠的"手杖"。

华罗庚曾这样回忆吴筱元与他相濡以沫的情感:"她是无名英雄,她的作用很大,我的整个工作是跟她分不开的。我俩结婚以后,同甘共苦地度过了许多年,没有她教养子女和担负起琐碎的家务劳动,我就不能全心致力于科学研究工作,也就不会有今天的成就。"

病情稍见好转的时候,有一天,华罗庚有点迫不及待地问道:"筱元,上海有信来吗?"

"还没有呢,也许,正在路上吧。"

妻子知道,他心中惦念的是他寄给上海《科

学》杂志的一篇论文。

原来,华罗庚染病前,从一位朋友那里借到了一期《学艺》杂志,上面刊登了苏家驹教授的一篇论文,题目是《代数的五次方程式之解法》。

苏家驹先生是当时的一位数学名师,一九二四年毕业于有名的武昌高等师范学校数学系,曾在长沙岳云中学等学校担任数学和物理教师。他在教学之余,潜心钻研一些数学命题,后来还探索过世界著名的数学难题"费马大定理"和"哥德巴赫猜想"。

华罗庚细读之下,发现苏教授的论文里出现了一个计算差错。

华罗庚初生牛犊不怕虎,于是就写了一篇题为《苏家驹之代数的五次方程式解法不能成立之理由》的论文,指出了苏文中的差错和自己的论证理由,然后投寄给了当时上海有名的《科学》杂志。

这次投稿,也和王维克先生的鼓励有关系。

王维克给华罗庚讲过数学史上一个著名的故事:

十九世纪二十年代,有一位名叫阿贝尔的挪威青年，喜欢钻研数学问题，而且不迷信权威，敢于创新，表达自己独立的推断。

据说，阿贝尔颇有创造性地写出了一篇题目是《五次方程代数解法不可能存在》的论文，兴冲冲地送给德国数学大师、有着"数学王子"之誉的高斯看。

高斯看完后，有点不屑一顾地说："竟然写出这样的论文，这是不可能的！"

这位傲慢的数学权威，这次竟然看走了眼，一句话就把另一位数学天才的创造性发现打入了冷宫。

过了许多年，直到阿贝尔离开人世十二年之后，这篇论文才被发掘出来，得到了世人的公认。

苏家驹教授在当时已经很有名望了，而华罗庚还是一个无名小辈。他问王维克："老师，我可以写文章指出苏先生的错误吗？"

"有什么不可以的？真理就是在辩论中闪耀出光芒的。'吾爱吾师，吾更爱真理'嘛！再说了，就是圣人有了错误，也应该有人给指出来的！"王维克鼓励华罗庚说。

于是，华罗庚就斗胆写出了这篇论文。

写好后，他又送给王老师看。

王维克说："好，言简意赅，有理有据，又不失年轻人的锋芒。"

论文寄到上海《科学》杂志后，一直没有回音。

华罗庚就在等待回音的日子里，不幸染上了伤寒病。

这场大病，仿佛是华罗庚经历的人生磨难的第一课，让他懂得了生命的珍贵与坚强，也感受到了亲情、友情和师恩的无私与温暖……

伟大的伯乐

江南春早，多少温润的杏花消息，都传达在潇潇雨声之中。尤其是在清明之后，谷雨之前，江南大地辽阔的田野上，油菜花连成片，仿佛从眼前一直伸展到了遥远的天边……

二十世纪三十年代的第一个春天，好像比往年的春天来得更早一些。阳春三月，春汛涌动。金坛县城外的田野上，开满了金黄色的油菜花和星星点点的荠菜花……

这天，一位绿衣邮差给大病初愈的华罗庚送来了一封信。

"一定是上海来信了！"

华罗庚迫不及待地撕开信封一看，果然是从

上海寄来的刚刚出版的第十五卷第二期《科学》杂志。

那一瞬间，他的心急促地跳动起来。

翻开目录，《苏家驹之代数的五次方程式解法不能成立之理由》的大标题，还有繁体的"华罗庚"三个字，赫然印在那里。

这是他忍受着伤寒病的煎熬，苦苦地等待了许久的一个结果。

只有他自己明白，支撑着他去战胜病魔和死神威胁的力量，除了亲人和恩师的关怀，就是他对数学研究的期待与渴望，包括他对自己投寄出去的这篇论文的期待。

他捧着崭新的《科学》杂志，看着自己公开发表的论文，激动得眼泪簌簌地滚出了眼眶……

此刻，他还不能想到，正是这篇注定要为后来的人们所称颂的数学论文，带着从年轻的数学奇才身上散发出来的奇光异彩，引起了中国数学界的注目，甚至惊动了正在清华大学任教的数学大师熊庆来先生，而中国现代数学史上的一段传世佳话，将从此开始……

此刻,年轻的华罗庚正在江南的金坛小镇,沉浸在论文成功发表的喜悦里。几乎与此同时,在北京著名的清华园里,赫赫有名的大数学家、大教育家熊庆来先生,也坐在自己的办公桌前,饶有兴致地读着这篇论文。

熊庆来先生,出生于一八九三年(清光绪十九年),是中国现代数学的先驱,也是中国函数论的开拓者之一。他在二十世纪初叶,曾赴比利时学习采矿专业,因为第一次世界大战爆发,只好转赴法国,在著名的格诺大学、巴黎大学等学校攻读数学。

熊庆来学成回国后,先后在国立东南大学、南京高等师范学校创办了算学系。一九二六年,清华学校改办大学后,校长梅贻琦聘请他来到清华园,创办了清华大学算学系。

熊庆来先生不愧为目光如炬的教育家和科学家,他一眼就看出了这篇论文的独特魅力和奇光异彩。

"条理清晰,持论有据,见解有突破,严谨的逻辑性和说服力,一点儿也不缺少。"熊庆来向身边的人称赞道,"更可贵的是,敢于向苏家驹这样已有名气的人发出质疑,这本身就需要一种勇气、一种独立精神!"

几位数学教授都传看了这篇论文,可是,一时间大家都不知道这个"华罗庚"是何许人也,在哪所大学任教。

难道是来自国外的数学研究人员?大家面面相觑,都不熟悉这个名字。

这也难怪,这时候,京城的数学界哪里会想到,华罗庚竟然是一个仅有初中文凭、常年守候在父亲的小杂货铺里的"小伙计"!而且,这个小伙计差点被伤寒病夺走了年轻的生命!

而这时候,华罗庚付出五六年的时间,已经自学完了高中和大学低年级的全部数学课程。

许多年后,当一位记者问华罗庚,当初为什么选择数学自修之路时,他说:"我别无选择。学别的东西要到处跑,或者还要一些设备条件,这些我都不可能拥有。我选定自修数学,是因为它只需要一支笔、一沓纸就可以了,不需要任何设备。"

在另一个场合，他又说道："那时候，我当然也不知道有社会主义、共产主义，只感觉我们应该为国家出一点儿力，争一点儿光，我就这样开始钻研学问了。也许有人要说，这是笑话，念了几年书就谈钻研了？那不是笑话！钻研并不是迷信，并不一定大学毕业才能钻研，也不是非有齐全的条件不可。实际上，真正肯钻研的人，在什么场合都可以钻研。"

正是靠着自己对数学的热爱、勤奋和执着，他用自修的方式，对中学、大学的知识都进行了刻苦的钻研和独立的思考，为他日后在数学的多个领域有所建树打下了扎实的基础。

一九三〇年，华罗庚的论文在《科学》杂志上发表时，熊庆来先生正在清华大学算学系担任系主任。他记住了华罗庚这个名字，四处打听这个人到底是谁。

"请帮我查一查，这位华罗庚先生是何方神圣，如果可能，我们应该请他到清华园来……"熊庆来先生道。

碰巧，算学系里有一位教员名叫唐培经，他知道华罗庚这个人。他笑着告诉熊庆来:"你们都猜错了,华罗庚既不是什么国外研究人员,也不是什么大学教授,只是鄙乡的一个名不见经传的自学成才的青年而已。"

爱才心切的熊庆来几乎不敢相信自己的耳朵。

不过,这个信息似乎更加证实了他的一个判断:这个年轻人必是一个数学奇才!至于学历,那有什么要紧?以后可以慢慢进修,不难获得的。

"有劳唐君回家乡过暑假时,去找一下这位华先生,代我把他请到清华园来吧。"熊庆来对唐培经说。

暑假期间,唐培经回到了金坛,向华罗庚转达了熊先生的盛意。华罗庚听了,几乎不敢相信自己的耳朵,眼泪忍不住簌簌地流了下来。

"莫愁前路无知己,天下谁人不识君?"唐培经满含期待地望着华罗庚,念出了两句唐诗。

"不,不只是知己,庆来先生是我的恩人、贵人啊!"华罗庚感慨道。

然而,刚刚从大病中挺过来的华罗庚,家境窘迫,哪里凑得出一笔从金坛去京城的路费?所以一直到暑假结束了，熊庆来也没有看到华罗庚的影子。

熊庆来当时没想到华罗庚是凑不出路费，又过了些时间，他给华罗庚写信说："假如华先生不能到清华来，我将专程赴金坛拜访！"

在信中，这位大数学家称华罗庚为"华先生"，足见他对华罗庚的尊重与爱惜。

华罗庚把熊先生语气殷切的来信念给父亲听。父亲深知，儿子被这样一位贵人看重，实在是千载难逢，于是，华老祥东挪西借，勉强给儿子筹措了一笔去京城的路费。

一九三一年初秋的一天，华罗庚抛下年迈的父亲，与年轻的妻子、幼小的孩子忍痛作别，从江南金坛出发，一路辗转北上，来到了被誉为学术殿堂的清华园。

熊庆来和他的同事们当然也没有想到，这位未来的大数学家，还拖着一条残腿，拄着拐杖。

熊庆来把华罗庚安排在自己身边，让他担任了清华大学算学系助理员，负责收发信函、打字、保管图书资料等工作，空闲时可以跟各年级的学生一

中华先锋人物故事汇　华罗庚

起去教室听课。这样,华罗庚一边工作,一边继续自学。

熊庆来对这个年轻人十分赏识,爱护有加。有时碰到了复杂的计算问题,他就会大声喊道:"华罗庚,过来一下,帮我算算这道题!"

在数学大师身边耳濡目染,加上华罗庚自己一直有一股勤勉、专注的钻研劲,他就像鱼儿游进了大海一样,天赋的才华和浑身的力量,都得到了无拘无束的释放。

他进步很快,在国外杂志上发表了三篇论文后,仅仅两年,就被破格提升为助教,继而又升为讲师。后来,推崇"不拘一格降人才"的熊庆来,又选送他去英国剑桥大学深造。数年后的一九三八年,华罗庚学成回国,任西南联合大学教授,年仅二十八岁。

熊庆来就像一位伟大的伯乐,慧眼相中了千里马。在华罗庚从一个仅有初中毕业文凭的自学青年成为世界闻名的数学家的崎岖道路上,熊庆来先生功不可没,这也为中国现代科学界、教育界留下了一段佳话。

数学界的新星

熊庆来先生不愧为一位大数学家、大教育家，他不仅清楚地看到了华罗庚身上潜藏的数学才华，更懂得怎样去爱护和培养正在成长的科学俊彦。

中国数学界的人，特别是数学研究领域里的老一辈数学家，都知道熊庆来先生为中国近现代数学发展和人才培养所做出的巨大贡献。

他刚从国外毕业回到祖国时，中国的大学里几乎还没有什么像样的高等数学教材。他一回国，就自己动手写讲义，编教材，夜以继日地开办讲座，亲自给学生批改数学习题，真是诲人不倦，就像红烛滴泪、春蚕吐丝一样。

后来成长起来的一代著名的科学家，像严济

慈、钱三强、赵九章、赵忠尧等,都受过熊庆来先生春风化雨般的教诲,得到了严格的数学训练。

不少科学家后来回忆,熊先生有时候会把仔细批改过的数学习题亲自送到学生手里,然后微笑着鼓励说:"很好,很好啊!"

学生们打开习题本,总会看到熊先生在正确的算题一旁,用毛笔工工整整地写上一个字的批语:善。

后来,熊先生自己也承认:"我生平最大的乐趣,就是教书育人,培养年轻一代!"

华罗庚进入清华园,来到熊庆来身边,就像骏马找到了可以自由驰骋的草原。

谁也想象不到,这个身兼图书管理员、文件收发员,有时还是教授们的教学文具代领员的年轻人,虽然一条腿残疾,但一旦安静地坐下来,回到他的数学世界时,立刻就变成了数学王国里的勇士和巨人。什么样的难题,都无法阻挡他活跃缜密的思维,阻挡不住他朝着自己心中的数学高峰攀登的脚步。

在清华园里,他只用了一年半的时间,就学完了算学系的全部课程,同时还以惊人的毅力,奇迹般地自学了英文、德文和法文。

当时,熊庆来特意把华罗庚的办公桌安排在自己办公桌的对面,这样两个人可以随时讨论一些数学问题。

"华先生,这学期我开始讲数论,请你去听课哟!"

"华先生,请来一下,你说说看,这道题该怎么解呀?"

类似的话,经常挂在熊庆来嘴边。

有一天,著名数学家徐贤修来到清华大学,要找熊庆来谈事情,结果没有碰到熊庆来,却和华罗庚交谈了起来。

徐贤修从没有见过这个年轻人,就问道:"你是新来的教授?"

华罗庚摇摇头说:"不是。"

"那你是这里的研究生啰?要不就是刚留洋回来的学生?"

"都不是。"华罗庚笑笑说,"我是这里的'半个助理'。"

徐贤修有点不解,就详细地询问了一番。

"大学毕业的,可以当助教;高中毕业的,可以当助理。"华罗庚把自己的经历和熊庆来对他的栽培简单讲了一下,最后幽默地说,"我只是初中毕业,所以只能算'半个助理'。"

"哦,'不拘一格降人才',庆来先生果然是名不虚传哪!"徐贤修由衷地赞叹道,"华先生,幸会!能跟着庆来先生做研究,你是幸运的!"

不久,华罗庚就不声不响地在欧美和日本的数学杂志上,连续发表了三篇用英文写的数学论文。

这在当时是罕见的,立刻就引发了清华园里的教授们的惊异。

不久,清华大学的教授们召开了一次特别会议,一致通过了一项前所未有的决议:破格让华罗庚登上讲坛,给大学生们讲微积分。

这件事,无论是在清华大学校史上,还是在华罗庚的人生中,都是史无前例的"一大步"。

清华大学破格任命他这个初中毕业生做助教,让他登上清华大学的讲坛,这是清华大学创办以来从未有过先例的。

此举也意味着，清华大学完全承认了华罗庚的学术水平，他也相当于具备大学助教的资格了。

熊庆来初见华罗庚时，就曾向人预言："这个华罗庚啊，他日必将成为异军突起之科学明星！"

现在，他的预言正在一步步地变为现实。

华罗庚被破格提升为助教后，除了给大学生们讲授微积分，每天只要一有点空闲，就会钻进数学研究课题里去，从来不肯浪费一分一秒的时间。

他待在图书馆里的时间，比待在宿舍的时间要多得多。

他沉浸在书的世界里。读书，成了他心目中最美的事；钻研数学，仍然是他最想做的事情。

不知不觉地，他在清华园里度过了四个春秋。在此期间，他在国外的数学杂志上又发表了十几篇数论方面的论文。

那个时候，中国的数学研究还比较落后，华罗庚这个名字的出现，让国外一些数学家的眼睛一亮。

世界，正在关注一颗从中国升起的数学新星！

一九三六年夏天，幸运女神温柔的目光，再次眷顾了这个勤奋而执着的年轻人。

这一年,由清华大学推荐,华罗庚获得了当时的中华教育文化基金会每年一千二百美元的资助,以访问学者的身份,前往英国剑桥大学留学。

华罗庚当时到剑桥大学,可以选择攻读博士学位,也可以作为访问学者,同时攻读七八门不同的学科。最终,他选择了后者。

再见，康桥

能做一个"剑桥人"是幸福的。中国现代诗人徐志摩曾经说过，他这一辈子，只有一九二二年在剑桥大学度过的那一个春天，"算是不曾虚度"，可见他对剑桥的倾心。

剑桥，就是他在诗文中一再写到的"康桥"。许多没有去过剑桥大学的人，对于剑桥的印象，也许最先都来自徐志摩的名诗《再别康桥》：

那河畔的金柳，
是夕阳中的新娘；
波光里的艳影，
在我的心头荡漾。

软泥上的青荇,

油油的在水底招摇;

在康河的柔波里,

我甘心做一条水草!

剑桥的美丽,当然远远不只是诗人笔下潋滟的波光、桥影与碧绿的草地。清华大学校长梅贻琦先生在一九三一年就职时就曾说过:"所谓大学者,非谓有大楼之谓也,有大师之谓也。"剑桥大学正是一座大师济济的文化殿堂。凡是剑桥的学生,如果能够在三十来所学院中历史最悠久的学院,例如三一学院或国王学院住上一两年,这本身就成了一种"资格"。

一九三六年夏天,华罗庚和后来成为著名流体力学家、理论物理学家和教育家,曾任北京大学校长的周培源结伴,从北京乘火车出发,驰过西伯利亚的茫茫雪原,先到达德国,然后来到英国首都伦敦。

出国前,他在上海见到了金坛家乡的一位朋

友——正在上海一所学校教书的虞寿勋。

虞寿勋很羡慕华罗庚能到世界著名的高等学府去留学，他问华罗庚："罗君今日乘长风，破万里浪，远离故土，有何感想啊？"

华罗庚回答说："说实话，我没有太多的考虑，我现在能想到的，只有如何为国争光，回来后如何报效祖国。"

华罗庚到达英国的时候，正是剑桥大学在数学研究领域的鼎盛时期。当时，在全世界负有盛名的英国著名数学家哈代，正在这所大学，引领着全世界数学研究的方向。

据说，他办公室里的那把高背椅，曾是"万有引力定律"的发现者、大科学家牛顿坐过的。

可是不巧，华罗庚到了剑桥，正好碰上哈代到美国访问去了。

不过，这位数学大师临走时留下话，让手下转告华罗庚："请你们告诉华，凡是从东方来的学生，都会首先询问，要付出多长时间才可以获得学位。如果华愿意的话，他可以在两年之内获得博士学位，而其他人，通常要用三年时间。"

原来，在这之前，哈代读过华罗庚的几篇论文，就像熊庆来一样，他对这位自学成才的中国数学界新星也十分有信心。

谁知，华罗庚的选择却让这位数学大师颇感意外。

华罗庚听了哈代的留言，便不卑不亢地说道："我很感谢哈代教授的信任。不过，也请您转告哈代教授，我是为了求学问才到贵国来的，不是为了学位而来，只要能给我机会，让我到贵校图书馆里自由阅读，允许我去听听各个学科的课程，就行了！"

"华先生，据我所知，从东方来的学生里不稀罕剑桥大学博士学位的，你是第一个！"接待他的人说，"那么，你打算主攻哪一个方向呢？"

"我在这里只有两年的研究时间，自然是希望多接触、多学习一些东西。"华罗庚坦诚地说出自己的心愿。

其实，他当时做出这种选择，还有一个很重要的原因，就是申请博士学位要缴纳不少费用，而他所得到的留学资助极其有限，只是作为一个访问学者的资助。

所以，在剑桥期间，华罗庚除了泡图书馆，就是四处听课。各个学科的课，只要时间安排得过来，他都会兴致勃勃地跑去听。

他还参加了一个由许多有名的数论学家组成的研究小组。

在这个小组里工作的，有英国人哈罗尔德、达凡波特、哈代、李特伍德、拉伊特，还有德国人埃斯特曼、汉斯、海尔波洛，等等，都是当时数论研究界的精英。

早在一七七〇年，英国数学家E.华林发现了一个著名的数论难题，被后人称为"华林问题"。但是华林当时只是提出了一个"猜测"，他自己并没有证明它。就像一七四二年，德国数学家哥德巴赫提出的那个被后人称为"哥德巴赫猜想"的难题一样，哥德巴赫自己也没有能够证明它。

在数学界，没有被证明的难题，就不能称为"定理"，而只能称为"猜想"。哥德巴赫猜想、华林问题，是世界数学领域两个密切相关的数论难题，也是吸引了无数数学精英和数学爱好者目光的两个著名"猜想"。

华罗庚在剑桥参加数论研究小组时，研究的主要课题就是数论中的华林问题，同时也顺便研究哥德巴赫猜想。用他家乡金坛的俗语说，这叫"搂草打兔子——捎带脚"。

后来也有人称赞说，华罗庚在华林问题和哥德巴赫猜想上的两项研究，把他欧洲同事的工作"包罗殆尽"了。

此外，德国十九世纪的大数学家、物理学家、大地测量学家，有着"数学神童""数学王子"等美誉的科学天才高斯，曾提出一个著名的"三角和估计问题"，一直以来也被许多数学家视为数学研究的"畏途"。让人惊异的是，华罗庚在剑桥只用了一年时间，就解决了这个难题。

他写的论文《论高斯的完整三角和估计问题》，在《伦敦数学学报》上发表后，震动了整个数学界。

就连数学大师哈代也暗暗吃惊，半是赞赏、半开玩笑地问道："华的脑袋，到底是什么材料构成的呢?"

有一天,哈代好奇地问华罗庚:"华,你在这里所做的研究,还有什么工作是没有告诉我们的吗?"

华罗庚在谈了他研究华林问题、哥德巴赫猜想的成果之后,最后又谈到了一个他正在研究的"他利问题"的有关成果。

哈代听了,连连点头说:"太棒了!你知道吗,华?我正在与赖特合作写一本关于'他利问题'的新书,你的研究成果显然已经改写了我们的一些章节,我应该把它写进这本新书里。哦,我看就称之为'华氏定理'吧!"

哈代和赖特这两位数学家合著的那本书,就是著名的《数论入门》。这本书正式出版时,果然吸收了华罗庚在剑桥的最新研究成果。

华罗庚在剑桥只有短短的两年研究时间,然而他就华林问题、他利问题和哥德巴赫猜想撰写了十八篇论文,先后发表在英国、苏联、印度、法国、德国的一些数学刊物上。

依照这些论文的水平,每一篇都足够为他拿到一个博士学位。然而，因为他在剑桥大学期间从未正式注册入学，也没有正式申请过学位，所以他并没有得到博士学位。

他后来这样说："有人去英国，先补习英文，再听一门课，写一篇论文，然后得一个学位。我听了七八门课，记了一大沓笔记，回国后又重新整理了一遍，仔细地加以消化了。"

在他的心目中，他在剑桥获得的学问胜过任何一个博士头衔。

剑桥的波光虹影，英伦的旖旎风光，他无暇游览，也无心欣赏。他的心中，似乎只有他的数论难题。

此时，在遥远的祖国，在江南的故乡，战争的灾难正在一步步逼近……

一九三七年，震惊中外的"七七事变"爆发，日本全面侵华，中国全民族抗战开始。

国难当头，山河破碎。在华罗庚的家乡金坛，很多乡亲在惊恐中开始了无家可归的逃难生活。

华罗庚的妻子吴筱元带着年幼的一儿一女，也在华罗庚的姐姐莲青和姐夫的照顾下，忍痛告别熟悉的家园，从金坛出发，一路跋山涉水，经过江西、湖南，辗转逃难到了大后方的云南昆明。

祖国和亲人的命运时刻牵动着华罗庚的心。他无法想象，无助的妻子和年幼的孩子此刻正在经受着怎样的惊吓、饥饿和颠沛流离。

本来按照当初的计划，第二年华罗庚将应苏联科学院的邀请，前去苏联访学。可现在，从报纸、无线电广播中，不断看到和收听到祖国正在蒙难、中华儿女正在奋起抗战的消息，他再也无法在剑桥大学的研究殿堂里待下去了。

再见吧，康桥。

再见吧，尊敬的哈代先生和数论研究小组的同事们。

康桥再美，也留不住一颗正在日夜惦念着祖国和亲人命运的心。

华罗庚归心似箭。一九三八年，他乘着远洋轮船，取道大西洋、印度洋、马六甲海峡，由新加坡抵达中国香港，再经越南西贡、河内，终于回到了内地……

艰难岁月

万里长征,辞却了五朝宫阙,

暂驻足衡山湘水,又成离别。

绝徼移栽桢干质,九州遍洒黎元血。

尽笳吹,弦诵在山城,情弥切。

千秋耻,终当雪。

中兴业,须人杰。

便一成三户,壮怀难折。

多难殷忧新国运,动心忍性希前哲。

待驱除仇寇,复神京,还燕碣。

这是抗日战争期间,从内地迁到云南的著名学府——西南联合大学的校歌《满江红》（罗庸作词，张清常谱曲）。

西南联合大学简称"西南联大"，是当时中国北方三所著名大学清华大学、北京大学、南开大学在经费紧缺、校舍拥挤、学校正常秩序被打乱的战时状态下，为保存中国教育和中国文化、科学的种子，临时组成的联合大学。

这首校歌的上阕，描写了师生们辞别北方古都、千里跋涉的悲愤心情；下阕抒发了师生们在国难当头、民族危亡时刻的家国情怀，以及师生们自强不息、奋发图强、立誓洗雪国耻的雄心壮志。

这也是抗战年月里，所有爱国知识分子和青年学子精神风貌的写照。

一九三八年，华罗庚一回到祖国，就被西南联合大学正式聘请为教授。也就是说，他从助教到教授，前后只用了七年时间。这在中国现代教育史上，还没有第二人。

华罗庚到昆明后，很快就与辗转逃难来到昆明的妻子、儿女团聚了。"国破山河在"，虽然已经失去了故乡的家园，但是一家人毕竟在千里之外的异乡团圆了。

华罗庚把两个孩子紧紧搂在怀里，心里充满了对妻子吴筱元的感激和愧疚。

当时，兵荒马乱、颠沛流离的日子，把大家都逼到了生活的底层。西南联大所有师生的生活，无一例外都是极其艰苦和清贫的。大家经常吃的是发霉的糙米饭，菜里没有多少油水，能吃上白水煮的青菜已经很满足了。许多名教授也难以养家糊口，有的只好在教学之余，做一些别的"手艺活"谋求生计。例如西南联大的著名教授、诗人闻一多先生，有一门刻图章的手艺，于是有时候他就给人刻章，收取几个小钱，补贴家用。著名物理学家吴大猷教授，也在借住的农家小院里养起猪来。

华罗庚一家，先是在离学校不远的青云街住了一些时候。为了节省日常生活费用，不久，他们一家人又搬到离昆明较远的黄土坡村。华罗庚宁愿每天拖着病腿多走一段黄土路，这样可以节省一点儿坐车的费用。

这个小村庄离昆明城有二十多里路，全家人住在两间狭窄的小厢楼里。在那里，一家人一起吃、住，他自己读书、做研究，虽然拥挤，但毕竟有个可以遮风避雨的屋顶。

到了晚上，舍不得多用灯油，往往是一灯如豆，勉强可以照着他看书、做研究。那盏小灯，是用一个破香烟罐子做的，里面倒上一点儿豆油，用破棉花捻成一根细细的灯芯。为了节省豆油，灯芯总是细得不能再细。

屋子外面也非常狭小，农家养的牛在房子的外墙上蹭痒痒，会弄得房子像地动山摇一般响。猪和马同在一个圈里，马有时会踩到猪身上，猪就发出尖叫，往往把大人和孩子从梦中惊醒……

那时候，昆明的市民们经常能看见一些戴着眼镜、穿着破旧长衫的先生，腋下夹着一包书，用本地的土布包着，徒步穿过小城去上课，或者回到城外乡下的家。有的先生衣衫到处破着洞，或打着不同颜色的补丁。

即便是这样，像华罗庚这样的教授走在街上，后面也经常会跟着一两个讨饭的乞丐，跟了一条街又一条街。

有时，劝也劝不走这些乞丐，教授们身上又实在拿不出一个硬币来,有的教授就不得不转回头,苦笑着说:"真的请你们不要再跟随了,我是教授,比你们还穷哪!"

乞丐们一听是"教授",就赶紧掉头走了。因为他们都知道,教授身上是没有半文钱的。

华罗庚微薄的薪水也难以维持一家人的生活,有一阵子,他这个堂堂的大学教授,只好改换姓名,悄悄地到中学里去兼一点儿课,挣一点点"外快",补贴家用。

一九三九年,华罗庚的二儿子华陵出生了,家里又多了一个嗷嗷待哺的小生命,原本拮据的日子变得更加难熬了。

这时候,熊庆来先生和夫人会时常给予华家一点儿接济。每次,华罗庚满脸羞愧不安地接下熊庆来夫妇送来的一点儿钱或米粮时,熊先生总是笑着安慰华罗庚夫妇说:"国难当头,先让孩子吃饱了再说。没有什么难为情的,就当是我借给你们的吧,以后等大家日子过好了,再还我嘛!"

吴筱元见华罗庚天天熬夜,营养不足,身子变得十分虚弱,有时会从老乡那里买回几个鸡蛋,悄悄给华罗庚煮上一两个。毕竟，他们这个家需要他来支撑啊！

可是，华罗庚怎么忍心独自吃掉十分难得的煮鸡蛋呢？每当这时候，他总是仔细地剥好鸡蛋，然后用筷子一点儿一点儿地夹着送到孩子的小嘴里去。

为了省着用那点微薄的生活费，他把抽了多年的烟也戒掉了，苦笑着对家人说："等我们赶走了日本侵略者，抗战胜利了，我再抽吧。"

几年后，他们的第四个孩子，也在这艰难的岁月里来到了世界上。可是，他这个身为大学教授的爸爸，竟然连送妻子去医院分娩的钱都拿不出来，孩子就在破旧的农家小屋里呱呱坠地了。

"你给孩子取个吉利一点儿的名字吧。"虚弱的妻子望着襁褓里的婴儿说。

"艰难时世，哪里来的什么'吉利'！你看，我们家徒四壁，仅有的一点点生活费又花光了！"华罗庚满腔辛酸，却又强作欢颜地给这个孩子取了个与"花光"谐音的名字——"华光"。

他心中期盼的是，抗日战争早日胜利，中华民族得以重光!

就是在这样艰难的条件下,西南联大的师生们也从未忘记自己的使命与职责,他们用最乐观的精神、最坚强的意志,谱写着特殊年代里的一曲曲坚忍不拔、自强不息的校园歌。

在饥肠辘辘的岁月里,在日本飞机飞临时响起的空袭警报声里,在全家人鹑衣百结的日子里,华罗庚也仍然没有中断他的数学研究。

就是在为了躲避敌机轰炸而钻防空洞的时候,他也会手不释卷,抓紧一分一秒的时间看书和思考数学问题。有一次遇到敌机轰炸,山脚下的临时防空洞被震塌了,华罗庚瞬间被埋在了泥土里。幸好他的头部还露在外面,大家一起动手,扒开厚厚的土层,总算把他从土里拖了出来。

当时,西南联大师生们还为这样躲空袭、钻防空洞的日子写了一副带有自嘲意味的对联——"见机而作,入土为安",足见他们乐观幽默的心态。

就在这样苦难的日子里,在许多个一灯如豆的夜晚,华罗庚坚持不懈,竟然写出了二十多篇数学论文。

中华先锋人物故事汇　华罗庚

一九四一年，他又完成了自己的第一部数学专著《堆垒素数论》。在这部论著中，他论述了自己对华林问题、哥德巴赫猜想，以及其他相关数学问题的新观点和研究结果。

可惜的是，当时这部珍贵的、浸透了他多年心血与汗水的数学研究专著手稿，在交给当时的"中央研究院"后，不仅没有尽快出版，最后原稿竟然也给丢失了。这令他十分痛心。

一九四一年，华罗庚又把《堆垒素数论》的英文手稿寄给了苏联科学院的一位专门研究堆垒素数的数学家维诺格拉朵夫。

当时不仅在中国，就是在全世界，能够懂得维诺格拉朵夫论文的人，也是屈指可数的。华罗庚不仅读懂了，而且还在自己的论著中，对维诺格拉朵夫比较烦琐的研究方法做了许多改进和简化。

维诺格拉朵夫收到华罗庚的英文手稿后，高兴得立刻发来了电报，大意是说："我们收到了你的优秀专著，待战争结束后，我们将会立即付印。"

果然，第二次世界大战结束没多久，苏联科

学院就在一九四七年出版了《堆垒素数论》的俄文版。

再后来,一直到新中国成立后的一九五三年,《堆垒素数论》才从俄文转译成中文,并在中国首次出版。至今,他的这部著作仍被世界数学界视为数学经典。

数学与幼童

在艰苦而漫长的抗战岁月里,中国教育界的贤达和有识之士,克服了种种困难,哪怕在最简陋的条件下,也要继续开办学校,让青少年一代的学业得以延续。

当时,无论是在大学,还是在中小学,大家都有一个共识:只要中国的教育还在,中国的文化还在,中国就不会亡,中国人还是可以站起来的!

一批批战时的大学、中学和小学的出现,给处在危急关头的中国带来了新的希望。"少年强则国强",为了保全中华民族的一代血脉,当时许多家庭都自愿分离,宁愿忍受亲人的离别之痛,也要让正处在求学年龄的学子们追随学校和老师,继续他们的读书生活。

有一位母亲就说过这样的话:"我们的孩子,能留一个,就是一个。每个孩子都是我们留下的种子,也许可以为我们再造中国,让我们重获自由和独立,不做日本人的奴隶。"这可以说是当时许多家庭的心声。因此,抗战期间,内地的很多中小学校,即便不断迁徙,学校的教育也不曾中断过。这些学校千里跋涉到了西南地区的乡村,只要找到一块偏僻安全的地方落脚后,哪怕在极其简陋的条件下,也会赶紧开课,让孩子们继续有书可读。

华罗庚一家在云南乡下居住的日子里,虽然有时贫困到了食不果腹的地步,但华罗庚从未放弃过对孩子们的教育和信心。

华罗庚很疼爱自己的孩子,孩子们也喜欢缠着自己的父亲,让他讲故事,讲笑话。

可是,讲故事还真不是这位教授父亲的强项。他是一位数学家,只要有一点儿空闲时间,他和孩子们一起游戏时,说着说着就又会说到他心心念念的数学上。

有一天,防空警报拉响了,华罗庚带着孩子们躲到了一片小松树林里。松树的枝叶散发着淡淡的清香,地上落满了干爽的松针,还有一些熟透的松果散落在地上。华罗庚带着孩子捡来不少松果,有的松果里还藏着一些小小的熟透的松子。

"来,这也许是小松鼠们吃剩下的松子,每人两颗,尝一尝,香不香啊?"他仔细地磕出那些松子,一一分给孩子们。

平时难得有这样和孩子们坐在一起的时间,他看着孩子们因为营养不足而有点瘦弱的样子,心里不禁充满了愧疚,觉得对不起孩子们,连一顿饱饭都难得让他们吃上,没有尽到一个当父亲的责任。

"我来考考你们吧,你们说说看,世界上什么东西最美呀?"

他想让孩子们高兴一下,就给孩子们提出了一个问题。

"音乐最美!"大女儿华顺说,她喜欢音乐,已经到了可以帮爸爸、妈妈料理家务、分担忧愁的年龄了。爸爸的论著《堆垒素数论》就是她用打字机给爸爸打出来的。

"当一个医生最美!"儿子俊东的理想是当一

名医生,因为他觉得当医生可以治病救人,解除人们的病痛。

"好啊!音乐,医生。那么你呢,小不点?"华罗庚望着几个孩子中最小的一个,笑着问道。

"我要……玩具,玩具最美!"最小的孩子回答说。

"孩子们,你们讲得都不错呀,玩具、医生、音乐……都是世界上很美妙的事物。等我们抗战胜利了,回到北京,这一切都会有的!你们的梦想,也许都可以实现!"

"爸爸,那您觉得,世界上什么东西最美呢?"华顺问道。

"要我说嘛,世界上最美的东西,还是数学!是的,只有数学……"

那一天,在小松树林里,华罗庚耐心地给孩子们讲了许多关于数学的神奇与美妙。

他告诉孩子们,早在公元前五百年左右的古希腊时期,毕达哥拉斯就说过:整个宇宙,是数和数的关系的和谐系统。在毕达哥拉斯之后,普洛克拉斯又指出:哪里有数,哪里就有美。还有写过《数学原理》的大哲学家、大数学家罗素,他认为数学的美妙,只有音乐能够与之相比。

华罗庚告诉孩子们,数学,不但是一种严谨的真理,而且还具有至高无上的美,这种美就像雕塑一样,是一种冷而严肃的美。它没有华丽的装饰,却是那么纯粹和严格,能够达到只有伟大的音乐才能具有的那种完满的意境……

孩子们都在好奇地聆听父亲的讲述,尽管两个小一点儿的孩子未必能听懂父亲的话。

最后,华罗庚又说道:"我讲的这些,你们现在听不懂也没有关系。有人说过,数学是上帝用来书写宇宙的语言。别说你们啦,就是许多研究了一辈子的数学家,包括你们的爸爸在内,也未必能完全听得懂这种'上帝的语言'和'宇宙的语言'。不过,我倒是真心希望你们长大了,上学念书了,都能好好地去热爱数学,学好数学。好啦,说了这么多,现在爸爸就给你们出一道数学题,大家一起来做做看,看谁最先得出正确答案,好不好?你们都听好了……"

他给孩子们出的这道数学题是:"假如我们家

共有九口人,每人每天吃半两油,那么,一个月需要多少斤油?"

孩子们听了,都饶有兴趣地思考起来。有的还拿起一根小树枝,在地上演算着。

"0.5两×30天×9人÷16两,对吗?"聪明的儿子抢先问道。

"这样列算式,当然也是可以的,不过你可以再想想,还有没有更简单的方法呢?"华罗庚笑眯眯地引导和启发着孩子们。

孩子们面面相觑,一时找不到更好的算法。

"你们想想,每人每天半两油,每人一个月就是30个半两,也就是15两,1斤差1两(当时的1斤等于16两),9个人呢?就是9斤差9两,也就是8.4375斤,这样思考是不是简便多了呢?"

原来,这就是华罗庚一直在琢磨的一种数学计算方法——直接法。

因为有了在小松树林听父亲讲数学、讲这个"直接法"的机会,华罗庚创造的这个"直接法",从此就牢牢地印在了孩子们心里。

不久,在另一片松树林里,也是在躲空袭的时候，又发生了一件让一些大学生和助教都记忆深刻的事。

那天，华罗庚和当时的一位助手，后来也成为著名数学家的闵嗣鹤，还有其他几个学生，正在松林里席地而坐。大家一边躲空袭，一边也不浪费时间，缠着华罗庚教授，希望他再讲一讲"直接法"。

"好吧，你们听好了！"华罗庚说，"假如我是个船长，船有3丈宽，6丈长，坐了50个人，载了50斤货，请问：船长有多少岁？"

大学生们一边埋头在本子上记下这一串数字，一边开始思索。

不过，过了好一会儿，也没有人计算出答案。

这时，只听父亲说了第一句话就跑到旁边去玩耍的华顺，转了一圈回来，正好听见了父亲的提问，就脱口而出："28！"

华罗庚的助手和大学生们听了，都没明白过来是怎么回事。

华罗庚笑着问女儿："你是怎么算出来的？"

女儿回答说："爸爸刚才不是说，你是船长吗？"

"没错,回答得完全正确!"华罗庚大笑着夸赞说。

许多年后,女儿华顺才真正懂得父亲的这个"直接法",其实就是要在第一时间把不相干的东西排除掉、抓住最本质的东西的一种计算方法。

挚友

有一句话说出就是祸,
有一句话能点得着火。
别看五千年没有说破,
你猜得透火山的缄默?
说不定是突然着了魔,
突然青天里一个霹雳,
爆一声:

　　"咱们的中国!"

这是中国现代爱国诗人、学者、民主斗士闻一多先生的名诗《一句话》中的一节。有人把闻一多称为"现代屈原",这是因为他们都是深爱着自己的祖国、怀有炽热的家国情怀的爱国诗人，而且他们都是生长在荆楚大地上的"楚人"。

一九三七年，中国全民族抗战开始。原本是清华大学教授的闻一多，颠沛流离来到昆明，在战时的西南联合大学任教。因为战争年代的生活十分艰苦和清贫，大学教授也不例外，闻一多就用自己擅长的篆刻技艺，"卖艺"糊口，养活家人。抗战岁月里，他还特意留了一把胡子，发誓不取得抗战的胜利决不剃须，显示了抗战到底的决心。

在西南联大，华罗庚与闻一多成了志同道合的好友。华罗庚十分敬佩闻一多爱憎分明、炽热如火的诗人性格。他一直珍藏着闻一多为他刻的一枚图章，上面还刻着这样几行小字：

"顽石一方，一多所凿，奉贻教授，领薪立约，不算寒伧，也不阔绰，陋于牙章，雅于木戳，若在战前，不值两角。"

闻一多告诉华罗庚，他会刻图章，是受到父亲的影响。闻一多的父亲是湖北浠水县的一个秀才，算是家学渊源。闻一多自己早年又学过绘画艺术，因此会篆刻也不难理解。

"不过,我倒是做梦也没有想到,有朝一日,这个业余雅好竟然还成了我养家糊口的手艺,为了一家老小的生计,竟然挂出了公开治印的招牌。"有一天,闻一多苦笑着对华罗庚说道。

当"闻一多治印"的招牌挂出后,有一些在昆明的国民党官僚竟然也附庸风雅,派人送来了象牙,请闻一多刻印。

闻一多虽然生活拮据,却不为金钱所动,都一一地坚决退了回去。他十分看重与华罗庚的君子之谊,不声不响地精心刻制了一枚图章,赠给了华罗庚。

一九四三年后,闻一多目睹了国民党政府的腐败,拍案而起,积极参加了反对独裁、争取民主权利的斗争,后来又担任了中国民主同盟中央委员兼云南省负责人、昆明《民主周刊》社长。

抗战胜利后,一九四六年六月十八日,闻一多和国内许多正直的知识分子、大学教授,共同签署了一份《抗议美国扶日政策并拒绝领取美援面粉宣言》,表现出崇高不屈的民族气节。这份宣言表示："为反对美国政府的扶日政策，为抗议上海美国总领事卡宝德和美国驻华大使司徒雷登对中国人民的诬蔑和侮辱，为表示中国人民的尊严和气节，我们断然拒绝美国具有收买灵魂性质的一切施舍物资，无论是购买的或给予的。下列同仁拒绝购买美援平价面粉，一致退还配购证，特此声明。"

一九四六年七月，国民党特务卑劣地暗杀了为争取民主权利而斗争的著名民主人士李公朴先生，激起了全国人民的义愤。七月十五日，闻一多忍受着连日饥饿的折磨，冒着随时会被特务枪杀的危险，毅然走上了悼念李公朴先生的大会讲台，发表了一场激情澎湃的演讲。他在演讲中义正词严地谴责了国民党反动派卑劣的暗杀行径，他愤怒地正告特务们：

……你们杀死一个李公朴，会有千百万个李公朴站起来！你们将失去千百万的人民！你们看着我们人少，没有力量？告诉你们，我们的力量大得很，强得很！看今天来的这些人，都是我们的人，都是我们的力量！此外还有广大的市民！我们有这个信心：人民的力量是要胜利的，真理是永远存在的。……

……

反动派，你看见一个倒下去，可也看得见千百个继起的！

正义是杀不完的，因为真理永远存在！

历史赋予昆明的任务是争取民主和平，我们昆明的青年必须完成这任务！

我们不怕死，我们有牺牲的精神！我们随时像李先生一样，前脚跨出大门，后脚就不准备再跨进大门！

果然，当天下午，在昆明西仓坡的宿舍门口，闻一多就被国民党昆明警备司令部派出的特务杀害了，和闻一多一起回家的儿子闻立鹤也受了重伤。他的这篇演讲，也成了这位爱国诗人的"最后一次演讲"。

在闻一多遇难前，华罗庚就一直在为他担心。

有一天，华罗庚忧心忡忡地对闻一多说："一多兄,形势这么紧张,你要多加小心才是啊!"

"罗庚,不用担心,我不怕他们!要斗争就会有人倒下去,一个人倒下去,千万人就会站起来!形势越紧张,我越应该把责任担当起来。"

华罗庚怎么也没有想到,这次谈话,竟成了他与这位好友的最后一次谈话!听到闻一多被杀害的消息时,华罗庚正乘火车去往上海。这个消息让华罗庚悲愤得浑身颤抖,眼泪流满了双颊,擦也擦不完。

坐在火车上,华罗庚噙着热泪,强压着心中的悲愤,望着窗外灰蒙蒙的天空和田野,默默地写出了一首诗,献给倒在血泊中的亡友:

乌云低垂泊清波,红烛光芒射斗牛。
宁沪道上闻噩耗,魔掌竟敢杀一多!

对这位在艰难岁月里结交的挚友的敬仰与怀念,一直伴随着华罗庚的后半生。许多年以后,他在一篇纪念闻一多的文章中这样写道:

"作为一多先生的晚辈和朋友,我始终感到汗颜愧疚。在最黑暗的时刻，我没有像他一样挺身而出，用生命换取光明！但是，我又感到宽慰，可以用我的余生完成一多先生和无数前辈的未竟事业。"

群星闪耀

一九四五年七月,美国成功爆炸第一颗原子弹。人类的核时代随着这声巨响开启,随着著名的"曼哈顿工程"而揭开了帷幕。

这一年八月六日和九日,美国向日本广岛和长崎投放了代号分别为"小男孩"和"胖子"的两颗原子弹,两座城市顷刻间变成了人间地狱和恐怖废墟。这两颗原子弹,也成了日本军国主义者最后的噩梦和丧钟。

不久,日本侵略者宣告无条件投降。中国人民艰苦卓绝的抗日战争,全世界人民的反法西斯战争,也随着两颗原子弹的巨响而以胜利结束。

原子弹的爆炸声,震惊了全世界。当时的国民政府主席蒋介石，顿时萌生了中国也应该制造原子弹的念头。

然而，刚刚从漫长的战乱岁月中走过来的中国，最缺少的就是懂得研制原子弹的人才，懂得怎样制造原子弹的数学家、物理学家和化学家。

正是在这样的背景下，国民政府从西南联大的研究生和助教之中，挑选出了物理学方面的李政道、朱光亚，数学方面的孙本旺、徐贤修，还有化学方面的王瑞酰、唐敖庆这几位年轻的科学俊彦。

政府的计划是，尽快把这几位年轻人送到美国去深造，把原子弹制造技术学到手之后，再回到国内，制造出我们自己的原子弹。

这时候，美国普林斯顿大学正好也向华罗庚发出了访美和讲学的邀请。于是，一九四六年八月的一天，华罗庚带着朱光亚、李政道、唐敖庆、王瑞酰、孙本旺五个年轻人（徐贤修当时已在美国），从上海登船，踏上了远渡重洋的旅程。

在出国之前，华罗庚回了一趟久别的故乡。八年离乱，家破人亡，他站在故居老屋前，默默地流下了伤感的泪水。

这次返乡，华罗庚还特意去探望了他的恩师王维克先生。

华罗庚向老师讲述了自己这些年来的经历。王维克觉得自己真的是没有看错人，当年的勤奋少年，如今成了赫赫有名的数学家，成了国家的栋梁，他心里有着说不出的高兴。

这次师生相见，王维克捧出自己翻译的意大利诗人但丁的《神曲》手稿，说："罗庚啊，自从你我分别之后，除了你在数学上的精进和取得的成就，足可慰我平生，剩下的，就只有它了……"

的确，为了翻译这本名著，王维克这些年几乎断绝了所有的交游，闭门不出，系统地研究了但丁的生平与著作，阅读了大量的有关资料，甚至还潜心钻研了《圣经》。而且他每翻译出一章初稿，都要让夫人大声朗读给他听，如果觉得有不顺畅、不确切的地方，他就随时记下来，再仔细地琢磨和修改，直到他自己满意为止。

"老师，您的这种精益求精的治学态度，正是我应该学习的，我研究数学，更需要这种一丝不苟的严谨态度啊！"

师生二人,在江南小城安静的秋夜里,一会儿谈一些家事、国事、天下事,一会儿又谈到了学问、理想和中华民族的未来……

"罗庚啊,你看这星汉灿烂的夜空,何其深奥,何其浩瀚!吾生有涯,而未来的路还更长呢……"

华罗庚这时候虽然已经名满天下,但聆听着自己早年的恩师、一位公认的大翻译家娓娓而谈,仍然觉得如沐春风。

华罗庚带着老师和师母的叮咛,带着故乡的期待和祖国的属望,踏上了去往美国的旅途。

大海茫茫,海鸟追着船尾的浪花,凄厉地鸣叫着……

华罗庚俯身站在船舷边,望着渐渐消失在海平线那边的祖国,心里不由得感到了一种沉重的乡愁。此时他无法想象,在前方等待着他们的会是一个怎样的未来。

到了美国,他们很快就得知,事情果然就像出国前他们所担心和预料的那样。当华罗庚带着朱光亚、李政道、唐敖庆等刚刚抵达圣弗朗西斯科,先行而来的化学家曾昭抡就告诉他们:"我们是一厢情愿了！想在美国学习原子弹研制技术，根本不可能！"

原来，曾昭抡通过与美国有关方面接洽后得知，美国当局对原子弹这项高新技术实行了严格的封锁政策，拒绝向其他任何国家的科研人员开放这方面的信息。

最终，朱光亚、李政道等人根据华罗庚、曾昭抡的建议，在美国各自选择了心仪的大学和专业，有的去担任教职，有的作为留学生分头入学学习去了。

至此，当时的蒋介石国民政府所期望的"中国也要制造原子弹"，成了黄粱一梦。

普林斯顿位于美国新泽西州中部，是地处纽约和费城中间的一个古老而美丽的小镇。著名的普林斯顿大学就坐落在这个富有乡村风格的北美小镇上。

普林斯顿大学始建于一七四六年，比美国建国还早三十年。在普林斯顿大学的校友录上，赫然写着麦迪逊（美国第四任总统）、菲茨杰拉德（著名作家）、奥本海默（二十世纪最著名的物理学大师），以及康普顿、狄拉克、刘易斯、托马斯·曼等三十多位诺贝尔奖获得者闪光的名字。

二十世纪最伟大的科学家之一爱因斯坦，也正是在普林斯顿大学的高等研究院里度过了他一生中最后的二十多个春秋。那时候普林斯顿大学的大学生们经常能看到这位鹤发童颜的科学巨人，独自在研究院后面那片绿色的草地上散步。

在普林斯顿大学留学的不少中国学生，后来也都成了各个领域的科学家，例如数学家王湘浩、闵嗣鹤、徐贤修，物理学家张文裕、吴健雄、袁家骝，化学家梁守槃等。

华罗庚来到美国，以客座讲师的身份受聘于普林斯顿大学高等研究院，除了要承担研究院的一些教学任务，还会应邀去另外一些大学讲课。

当然，他在这里还有一个更重要的目的，就是与一些世界顶级的数学家切磋学问，交流研究成果，共同研究一些世界难题。当时，世界数学界一些赫赫有名的人物如韦尔、西格尔、冯·诺依曼、韦伯伦、哥德尔、赛尔贝格、爱多士等，都云集在这里。

一位名叫斯泰芬·萨拉夫的加拿大数学家,这样描述过华罗庚在美国的工作状态,以及他的研究成果给美国数学界留下的印象:

在这些年里,与华罗庚相识的美国数学家们,对他那清晰而直接的教学方法,他的知识深度和他的天才,有了更深的印象。……活跃的数学家,对华罗庚给他们的艺术所创造的丰富多彩和有力的贡献,是十分熟悉的,因为他们几乎天天都在运用他的研究成果。我对微分几何学家和代数学家提起华罗庚的名字时,所有这些数学家全都明白了。一位群论学家听到我提华罗庚的名字,他说,我们有一个有名的关于同构的定理,就叫"华氏定理",那必定是同一个华氏!

这位数学家还详细地记下了美国数学界对华罗庚的评价。

有一位认识华罗庚的数学家,名叫狄瑞克·莱麦尔,他认为,华罗庚有善于发现和抓住别人最好的研究方法的不可思议的能力,并能确切判断和指出他们的研究结果中哪些是可以改进的。

莱麦尔还发现，华罗庚总是有自己的许多"窍门"。他博览群书，通过广泛的阅读，掌握了二十世纪数学的所有最先进的观点。

莱麦尔还把华罗庚与另外两位世界著名数论大师L.舒尔和诺伯特·维纳相提并论，认为他们都是在数论领域做出了巨大贡献，同时影响也扩展到其他领域的人物。

一位中国数学家，站在世界数学舞台上展现出卓越的风采。

归来

华罗庚就像一颗耀眼的巨星,正在数学王国的天空熠熠闪耀。

一九四八年春天,他被美国伊利诺伊大学聘为终身教授。

然而就在这时,一个意外的消息从国内传来,让华罗庚变得十分紧张。他当即做出了决定,要把妻子吴筱元和孩子们接到美国来。

原来,在国内,中国共产党领导的解放战争,正在势如破竹一般迅速向江南推进。蒋家王朝的反动政权风雨飘摇,败局已定。而种种迹象表明,不甘失败的蒋介石集团正在想方设法把一些社会名流和各个领域的人才以及他们的家眷带到台湾去。作为著名数学家的华罗庚,当然也在他们的名单里。

华罗庚得到消息后,火速给妻子吴筱元和孩子们办理好了赴美的护照,他想先把一家人接到美国后再做打算。

可是这时候,他的大女儿华顺却并不赞成爸爸的想法。

华顺已经长大了。一九四六年,爸爸出国后,她离开妈妈和外婆,只身一人来到北平,进入了燕京大学物理系念书。

在燕京大学校园里,一向渴望进步、追求光明的华顺,秘密加入了中共地下组织领导的进步学生组织,还曾化装去解放区参观。一颗年轻的心,早已和共产党领导的中国人民的解放事业紧紧联系在了一起。

妈妈来信告知华顺,爸爸希望全家人都到美国去。华顺不解地想道:祖国就要迎来新的曙光,新中国很快就要诞生了,这时候为什么要去美国呢?

她决定独自留下来,等待新中国诞生的那一天。

而且,她和一些进步同学一道,正在随时准备听从党组织的召唤。

她对妈妈说:"到了美国,您告诉爸爸,中国的希望和未来在共产党这里,我已经加入了中国共产党。希望爸爸在解放战争结束后,早一点回来,新中国一定会欢迎他回来的!"

妈妈说服不了女儿,只好再三叮嘱,然后让老母亲带着最小的孩子回到故乡金坛。吴筱元自己带着俊东、华陵、华光三个孩子,来到了美国。

华罗庚与家人,总算在异国他乡的土地上团聚了。

但是,女儿的一番话,一直萦绕在他的心头。

有一天,他与数学家莱麦尔谈到了中国的数学研究现状。

他坦诚地告诉莱麦尔:"中国是一个文明古国,也是一个很早就拥有了古代算术、算盘和祖冲之这样的大数学家的国度,可是,中国近现代的数学研究水平却十分落后,为什么呢?因为我们缺少这方面的人才啊!将来,我们一定会改变这种状况,赶上世界数学前进的脚步……"

一九四九年十月一日,中华人民共和国成立

了！中国人民从此站起来了！

来自新中国的喜讯和呼唤声，一次一次，不断传到大洋彼岸的美国，传到华罗庚和朋友们耳边。

归去来兮！归去来兮！

从报纸上、电台里越来越多地看到和听到来自祖国的召唤，华罗庚在美国再也坐不住了。

这年岁末，当美国人正沉浸在迎接圣诞节和新年的欢乐气氛中时，华罗庚收到了女儿从北平寄来的一封信。

看得出，女儿在信中掩饰不住自己的兴奋，她写道：

"北平解放了，全城一片欢腾！共产党廉洁奉公，解放军纪律严明，不拿群众一针一线……"

女儿还在信中呼唤爸爸：新中国的建设需要一大批科学家参加，爸爸妈妈，盼望着你们赶快回家……

华罗庚怀揣着女儿的书信，兴高采烈地从外边回来，一迈进房门，就大声喊道："筱元，把酒拿出来，今天我们一起喝点酒！"

"你今天这是怎么啦？遇到了什么高兴的事？"

"你自己看吧，"华罗庚把女儿的信交给吴筱元，说，"华顺真的是长大了，多好的孩子！真令我这个当爸爸的为之骄傲啊！"

吴筱元迫不及待地看完了女儿的信，抬起头来看着华罗庚，只问了一句话："走不走呢？"

"走！"华罗庚显然已经做出了决定，说，"此时不走，更待何时？"

"要不，我先回去看看，稍后你再决定回不回去？"吴筱元试探着又问了一句。

"多此一举！我们全家一起走，而且越快越好！"

当华罗庚把回国的决定告诉伊利诺伊大学校方时，对方真诚地挽留他说："华先生，还有一个选项，请您考虑：您和夫人先回去看看，您的孩子由伊大代为照料，如何？"

"谢谢校方的好意，请你们理解我此刻的心情，孩子，我还是带回国为好。"

一九五〇年新年伊始，归心似箭的华罗庚带着一家人，从圣弗朗西斯科出发，登上驶往香港的一艘邮轮。

归国的前夜，已经很晚了，门外忽然响起了轻轻的敲门声。

华罗庚一下子警觉起来，担心出现什么意外，耽误了明天的航程。

门开了，走进来的是一位他熟悉的国民党元老，也是国民政府资源委员会的委员之一。

这位老先生是特意来为华罗庚送别的。他对华罗庚说："华先生，你能和家人一道回去，真令老夫钦羡不已啊！我这把老骨头，也许要永远留在异国他乡了。不过我有一句话，还望先生带回去，转告国内的旧雨故交，就是希望资源委员会的其他成员，能够与共产党合作，一起把我们的国家建设好，让中华民族早日变得强大起来！"

这件事让华罗庚感慨万千。共产党领导的新中国，真是众望所归啊！他在心里说道。

邮轮进入浩瀚的太平洋之后，在漫长的航程中，华罗庚一直在思忖和酝酿着一件事情。抵达香港后，这件事已经成竹在胸。他吩咐家人，谁也不要打扰他，他把自己关在旅馆的房间里，满怀热忱地起草了一封《致中国全体留美学生的公开信》。

归来

这封公开信写得情真意切，文采飞扬，尽显一位爱国赤子坦诚而炽热的家国情怀。他在信中讲到了自己出国的初衷和归国的理由，也倾吐了自己近一两年来真实的心路历程。最后他说：

"朋友们！'梁园虽好，非久居之乡'，归去来兮！

"为了抉择真理，我们应当回去；为了国家民族，我们应当回去；为了为人民服务，我们也应当回去；就是为了个人出路，也应当早日回去，建立我们工作的基础，为我们伟大祖国的建设和发展而奋斗！"

一九五〇年三月十一日，新华社向全世界播发了华罗庚这封在归国途中写的公开信。五天后，华罗庚一家抵达新中国的首都北京。周培源、钱伟长等老朋友，以及清华大学的负责人，到车站热情地迎接这位远道归来的"清华人"。

回国不久，他把家安顿在清华园的教员宿舍里，然后迫不及待地走马上任，挑起了清华大学数学系系主任的重担。

近三十年之后的一九七九年，华罗庚在英国访问时，有位女学者问他："华教授，一九五〇年回国后，您后悔过吗？"

华罗庚斩钉截铁地回答道："一点儿也不后悔！我回国，就是要用自己的力量为祖国多做些事情，并不是图舒服。我觉得，一个人活着，不是为了个人，而是为了祖国母亲！"

他的回答，博得在座的中外友人热烈的掌声……

工作着是美丽的

新的时代,新的历程,开始了……

新中国的天地焕然一新,就像越过寒冬而到来的春天,就像阳光明媚、空气新鲜的早晨。

大地上的一切,都渐渐温暖起来。雪花在天空化成了细雨,冰封的小河悄悄解冻了,泥土变得松软和湿润了,葡萄藤和柳枝也都变得柔软了,小草在悄悄地返青,所有沉睡的生命都开始苏醒了……

而新中国的数学研究和教学事业,正站在崭新的起跑线上。

在新中国成立初期的年月里,华罗庚觉得,自己每天都有使不完的劲,浑身充满了热情和力量。

在回到清华大学,挑起数学系主任的重担之

后,一个更宏伟、更艰巨的国家使命,又摆在他的面前。

国民政府时期,曾设立过一个"中央研究院数学研究所",华罗庚曾是专任研究员之一。南京解放前夕,这个研究院迁往了台湾。

新中国成立后,很快就成立了中国科学院。从一九五〇年起,华罗庚就受命负责筹建数学研究所,筹备处一度就设在清华园里。

两年后的一九五二年七月,新中国的第一个数学研究机构——中国科学院数学研究所宣告成立。众望所归,华罗庚被任命为所长。

当时,数学研究所群贤毕至,少长咸集,真可谓人才济济,云蒸霞蔚!华罗庚爱惜人才,求贤若渴,把当时的许多数学研究名家和青年才俊都网罗到了数学研究所里。像陈建功、苏步青、段学复、吴文俊、张宗燧、胡世华、吴新谋、闵乃大、关肇直、田方增等,都是研究所的骨干人才。

第二年,研究所又率先成立了微分方程、数论两个研究组,微分方程组由吴新谋担任组长,华罗庚还亲自兼任了数论组组长。

当时,他一门心思要使新中国的数学研究尽快追赶上世界数学研究的步伐,彻底改变这个有着五千年文明的泱泱大国在数学领域的落后地位。

工作着是美丽的,也是快乐的。

他每天都在忙碌,在奔走、工作着,和数学界的同事们、朋友们讨论着各种各样的问题。

除了在国内奔走、忙碌,那些年里,他也不断地出访苏联和东欧各国,与外国同行和学者讨论交流。他还作为中国数学家的代表,参加了一九五三年在匈牙利召开的第二次世界大战后的首次世界数学家代表大会。他也与在美国的陈省身、徐贤修等数学家保持着密切联系,提升和扩大了新中国的数学研究在国际数学界的地位和影响力。

一九五二年十月,华罗庚出席了亚洲及太平洋区域和平会议。两年后,他又代表中国出席了世界和平理事会。

一九五八年春天,他又和郭沫若一道,率领中国科学代表团飞往印度新德里,出席"在科学、技术和工程问题上协调"的会议。

虽然公务繁忙,工作任务一个接着一个,但是作为一位有着世界影响力的科学家，他研究和探索数学的脚步，一刻也没有停止过。

我们在前面讲过，一九五三年，中国科学院出版了他在二十世纪四十年代完成的那本数学研究名著《堆垒素数论》。当时，科学院派人来征求他的意见，问："华教授，这部《堆垒素数论》，您还有什么要修改的吗？"

听到问话，华罗庚首先想到的是，新中国刚刚成立不久，国家应该有很多要紧的事情等着去做，怎么会想到为他出版这部旧著呢？

一想到这本书的遭遇，他就不由得觉得心酸。

这本书，是他在一九四一年那段兵荒马乱、天天躲空袭的日子里完成的，不仅浸透了他的心血与汗水，也凝聚着他们这一代知识分子的家仇国恨与时代伤痛。这部书的中文原稿被当时的国民党政府研究部门弄丢了，幸亏他当时寄给了苏联科学院一份，苏联科学院在战争结束后，由数学研究所将其作为该所的专刊，出版了俄文版。

于是，华罗庚就根据这个俄文版，做了一些修正和补充。这样，《堆垒素数论》这部数学研究名著，总算有了一个完整的中文版。

除了《堆垒素数论》，华罗庚这个时期的数学研究思路与范围，变得更加开阔，他不再局限于一些枝枝节节的小问题，而是朝着一个问题的总体解决方向迈进了。

作为一位博览群书、博学多才的数学大师，华罗庚深知，新中国、新时代的数学工作者，除了要研究那些高深莫测的数学问题，还应该热心研究一些通俗的问题，应该向普通大众普及数学知识，让数学这门科学为新中国的建设事业服务。

例如，当时有人提出了一个问题，认为用圆规及直尺三等分任意一个给定的角，是可能的事。华罗庚却认为，这种研究没有多大意义，是白白浪费聪明才智。

所以，他在一九五一年六月的《科学通报》上刊登了一篇文章，题目是《三分角问题》。

他说："有些人所以还在花工夫研究这个问题，是由于不肯好好地学习别人已得的结果，亦没有能分辨清楚一件事的'不可能'与'未解决'的意义的不同。"

他举了个例子说：到月亮上面去，不是一件不可能的事，而是一件未解决的事。三分角的问题，也正是如此。用圆规和直尺有时能三等分一个角，例如这个角是90度，但并不能三等分任意一角，这是件早有了证明的"不可能"的事，并不是"未解决"的事。

他写这样的通俗化的文章，举出这样的例子，其实就是希望数学研究不要去"钻牛角尖"，用今天的话说，要尽量"接地气"一些。

因为他懂得，在日常生活中，数学无处不在；对数学智慧、数学之美的运用与欣赏，也不应该仅仅成为数学家和数学研究者的"专利"。

华罗庚的另一本数学名著《数论导引》，出版于一九五七年，但其实早在一九四〇年他在西南联大教书时就开始动笔写了。直到新中国诞生后，他觉得，这本书必须尽早写出来，可以供新中国的大学生和年轻的数学研究者、爱好者们用作研究数论的入门参考书。

这本书中收入了大量的第一次公开发表的研究结果，以及三角和方面的基本材料，还有华林问题、他利问题的研究等。

华罗庚在这本书的序言中说，在数学史上，数论的思想和方法影响着其他领域的发展。反过来，数论的问题，也能凭借其他学科所用的方法而得到解决。他在大量的阅读中发现，其他学科的入门参考书，并没有正确地说明这些关系，还有一些"故步自封"的数论入门参考书，传达给读者的是一些并不正确的概念，甚至误导读者，让读者觉得似乎数论是一门孤立的学科。

所以，他应青年们的要求，出版了这本可供大家研究数论用的"入门参考书"。

这本书出版后，很快就在国际上引起了很大反响。一位美国科学家在美国的《数学评论》上发表文章，评价说："这是一本有价值的、重要的教科书，有点像哈代与拉伊特的《数论导引》，但在范围上已超越了它。"这位美国数论家还特别称赞了华罗庚这本书深入浅出、通俗易懂的清新笔法，认为这是一本献给那些想研究中国数学的人的"最好的入门书"。

慧眼识英才

中国数学界一直传颂着一桩美谈,因而著名诗人、作家徐迟先生在他的报告文学名作《哥德巴赫猜想》里赞美道:"熊庆来慧眼认罗庚,华罗庚睿目识景润。"景润,就是著名数学家陈景润。

华罗庚亲手为新中国培养起来的数学英才,当然不只是一个陈景润。围绕在华罗庚这颗巨星周围熠熠发光的,还有王元、陆启铿、龚升、万哲先、杨乐、张广厚等一大批闪亮的数学新星。

"熊庆来慧眼认罗庚",我们在前面的章节已经讲过,现在就来说说华罗庚是怎样培养王元,如何"睿目识景润"的。

一九五二年,在一个文艺晚会上,华罗庚见到了毛泽东。不久，毛泽东宴请了回国工作的一些著名科学家，华罗庚应邀参加，并坐在毛泽东旁边。据华罗庚回忆，毛泽东对他说："听说你是金坛人，数学搞得很好，听说你还是一个穷苦出身的人，希望你为我们培养出一些好的学生来。"华罗庚回答："我一定努力，一定努力！"华罗庚将这些情况告诉科学院领导，并表示愿意尽力而为。

从此以后，他在注重自己和数学研究所的研究工作的同时，也花费了大量心血，去为国家发现、培养和扶持年轻一代的数学人才。

后来成为著名数学家的王元、陈景润等人的成长，都得力于华罗庚的发现和培养。

一九五二年的一天，浙江大学数学系毕业生王元带着苏步青、陈建功两位教授写的推荐信来拜访华罗庚，恳请华罗庚收他为研究生。

王元从小就喜欢数学。他的父亲王懋勤在新中国成立前曾在"中央研究院"工作，十分敬仰华罗庚，平时也常跟少年王元讲述这位大数学家的传奇经历。因此，王元从少年时代就很崇拜华罗庚。

"你要好好用功啊，将来如有机会，就去拜华先生为师！"王元还在读中学时，他的父亲就这样鼓励他。

现在，王元已经大学毕业了。当他第一次站在华罗庚面前时，他觉得离自己少年时的梦想已经很近了。

但是，尽管有苏步青、陈建功两位数学家的推荐和介绍，华罗庚还是要考一下王元。

他请王元站到黑板前，问了一个王元压根儿也不会想到的简单问题：关于平面二次曲线的分类，也就是解析几何中，将二次曲线变成标准型，怎样用二行二列的矩阵写出来。

王元一听，顿时蒙了，低头想了半天，也没有写出来。

"一个浙江大学的高才生，连中学学的东西都不记得了？"

"华先生，让我再想想，再想想。"

王元急得额头上冒出了汗珠。

"一定要记住呀，要学会独立思考，学会联想数学的一些内在关系。你是大学生，光懂得矩阵还不够，还应该学会思考怎样用大学数学的视角，来看待中学学过的东西呀!"

第一次见面,王元等于被华罗庚在黑板前"罚站"了两个小时。最后,华罗庚温和地说了句:"回去再想想吧。"

这次"罚站",一下子就给年轻的王元来了个下马威,把年轻人身上的傲气给"杀"没了,也让王元感到了这位大数学家的严格与严谨。

王元拜师心切,当然也不会气馁。

第二天,他把自己求出的结果报告,双手交给了华罗庚。

华罗庚自然也心中有数,看也不看,就对王元说道:"这个已经不重要了,从今天起,你跟着我研究数论吧。"

从此,王元跟着华罗庚,开始攀登数论研究的高峰。

一九五六年,年轻的王元在那个世界著名难题"哥德巴赫猜想"的研究中,证明了"2+3",把"哥德巴赫猜想"的包围圈缩小到接近于"1+1"。

一九六二年,王元又和另一位数学家潘承洞一起，往前迈进了一大步，证明了"1+4"。这个时候，华罗庚亲手培养出来的得意弟子王元已经驰名国际数学界。

比王元稍晚来到华罗庚身边，也是华罗庚一手培养出来的另一位数学英才，就是证明了"哥德巴赫猜想"难题中"1+2"的陈景润。

一九五六年的一天，华罗庚收到一封署名"陈景润"的慕名者的来信，信中附有一篇关于"塔内问题"的数学论文。

华罗庚看完后，连连称赞说："这个陈景润不简单！不知他是干什么的。"

有人告诉他，这是个年轻人，从厦门大学数学系毕业后，被分配到北京四中教书。厦门大学校长，也是《资本论》的翻译者王亚南先生很欣赏他，把他视为厦大培养出来的高才生之一。

可是，陈景润因为不善于表达，讲课效果并不好，因而北京四中向厦大的王校长提了一大堆意见。

王亚南校长爱惜人才，只好又让陈景润回到厦大，安排在图书馆当管理员。说是图书管理员，其实是给陈景润找了一个比较清静的地方，好让他专心研究数学。

陈景润在图书馆里，不仅把华罗庚的《堆垒素数论》和《数论导引》等专著都吃透了，还写出了《塔内问题》这样有独立见解的论文。

陈景润还向华罗庚提出，《堆垒素数论》中第五章的方法，还可以用来改进第四章的某些结果……

华罗庚读了陈景润的论文，一下子就发现了其中闪烁出来的奇光异彩。

"你去拜访一下厦门大学，我们想想办法，把这个陈景润调到北京来！"他有点迫不及待地吩咐正要到南方出差的陆启铿说，"人才难得啊！"

就这样，华罗庚向中科院提出建议，把陈景润选调到数学研究所来当实习研究员。

为了把陈景润从厦大"挖"到北京来，华罗庚可是花了不少心思。结果总算成功了！

一九五七年的一个晴朗秋日，陈景润提着简易的行李，大步跨进了中科院数学研究所的大门。

许多年以后，陈景润满怀感激地说："我是华先生第一个,也是最后一个'走后门'调来的年轻人!"

陈景润来到华罗庚身边,果然不负众望。他历尽了常人难以想象的艰难困苦,向着"哥德巴赫猜想"的险峰奋力攀登。

经过了一次次挫折和失败,送走了无数个不眠不休的日日夜夜,也流下了不知道多少艰辛的汗水……

一九六六年五月,陈景润在中科院出版的《科学通报》第十七期上发表了他最新的一篇论文,宣布自己已经证明了"哥德巴赫猜想"的"1+2"。

后来,国际数学界把陈景润证明出来的定理称为"陈氏定理",赞誉他的论证把数学界古老的"筛法"推向了"光辉的顶点"。

一位英国数学家在写给陈景润的信中还说:"你移动了群山!"

然而,陈景润不论走到哪里,在什么场合,总是又感激又自豪地对人说:"我的老师是华罗庚先生。""没有华先生,也许我还在原地踏步呢!"

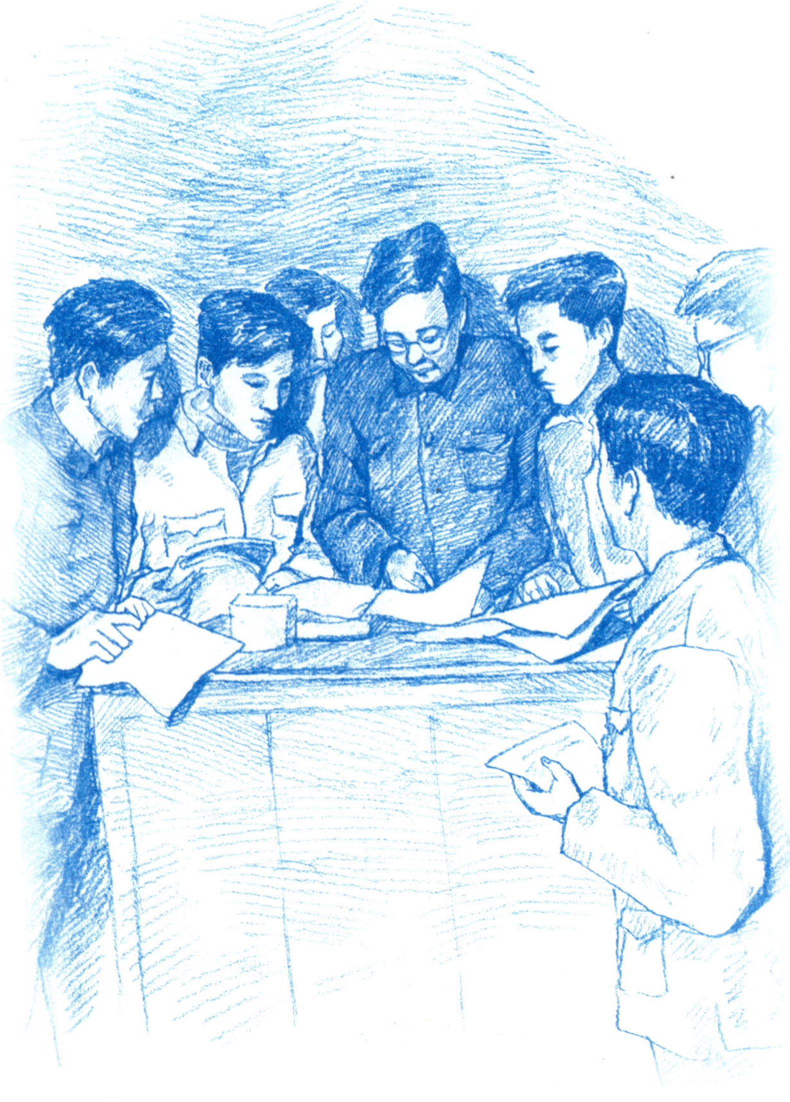

"天才"的秘诀

在王元跟着华罗庚学习数论的日子里,有一次,匈牙利科学院院士、著名数学家保尔·吐朗,应邀来到中国做了一场学术报告。

这是新中国成立后,第一位来中国访问的欧洲数学家,他在报告中,对一个恒等式进行了证明。

华罗庚很清楚,保尔·吐朗讲的这个恒等式,是我国清朝数学家李善兰最先总结归纳出来的,但他未能证明。

后来,这个恒等式流传到了国外。李善兰,别号壬叔,所以国外也把这个恒等式命名为"李壬叔恒等式"。二十世纪三十年代以来,它不断引起国际数学界的兴趣。国际数学界以李善兰名字命名的还有"李善兰数""李氏多项式三角形"等命题。

"你们都看到了吧?"等保尔·吐朗做完报告之后,华罗庚对王元等年轻的研究人员说,"这本来是我们中国的科学成果,结果我们自己做不出证明,现在让人家外国的数学家给证明出来了。不知道你们坐在台下做何感想,反正我是有点坐不住了。中国有句古话,请你们记住啊,'知耻而后勇'!"

这番话,王元他们也牢牢地记在了心里。

这天晚上,华罗庚一夜未眠。第二天清晨,华罗庚等人一起把匈牙利客人送到了火车站。

就在火车站里,华罗庚递给保尔·吐朗一份报告,那是他一夜未睡,赶在天亮前演算出来的一个证明"李壬叔恒等式"的新算式。这个算式,比保尔·吐朗的那个要漂亮和简单得多。

二月杏花八月桂,三更灯火五更鸡。

在带着年轻的数学新星们做研究、攻难关的日子里,华罗庚总是用自己的每一个行动,率先垂范,给年轻人树立起励志的榜样。

只要是在他身边工作过的年轻人,都有过这样的记忆——有时候，天还未亮，大部分人还在香甜的睡梦中，已经早早起来工作了一段时间的华罗庚会来到年轻人的宿舍门口，像定时的闹钟一样，一一敲门，催醒他们："起来！起来！都快起来！"

年轻人都熟悉华先生的作息时间和习惯，因而他们无论夜晚工作到多晚，总是黎明即起，从不懈怠。

有一次，陆启铿从华罗庚这里借走一本数学方面的书籍，翻开一看，发现书页中间夹着不少黄土。

陆启铿一开始并没有在意，抖掉了土，看完之后归还，又借走了第二本、第三本。可是，他发现几乎每本书里都夹着尘土。

陆启铿不解地问道："华先生，您的藏书里怎么都夹了那么多黄土呢？"

"哦，是吗？"华罗庚笑而不答。

还是坐在一旁的师母吴筱元告诉了陆启铿事情的真相：原来，这些黄土都是在昆明躲空袭、钻防空洞时留下的。

那时候，日本飞机三天两头来轰炸，华罗庚每次躲空袭、钻防空洞时，都手不释卷，只要一坐下来，就会争分夺秒，读上几页。炸弹爆炸时，会震得防空洞里尘土飞扬，书上自然也会落满尘土。每次华罗庚都是草草地抖一抖尘土，继续阅读……

这种手不释卷、求知若渴、争分夺秒勤奋学习的好习惯，是华罗庚从少年时代起，在顽强的自学过程中慢慢养成的，一辈子也没有改变。

曾有人说他是一位天才数学家，为此他特意在《中国青年》上发表了一篇文章《聪明在于学习，天才在于积累》，向青少年们传授了他的"天才"秘诀。

他说："从我身上是找不到这种天才的痕迹的"，"所谓天才就是靠坚持不断的努力"。

他还向青年们介绍了自己学习数学的方法，明确表示反对死记硬背，赞成创造性的思维。

他举例说："一个学生在学习数学，他面前放了同一水平的微积分的书，他每天都读，把每一道习题都做了好多遍。这是一种书呆子的学习方法。相反，学生应该选择一本好书，并在一位有能力的教师指导下仔细地读完它，然后读更深一些的书。

一个学生在具体指导下可以获得数学的基本知识，并且同时开始研究。为了研究好，学生们就必须独立思考，因为客观世界总是在变化，科学工作也在不断发展，这就要求常新的建设性的方法和创造性的勇气。"

他也经常提醒学生们："如果你的脑子里没有带问号的问题了，那你就不是数学家了！"

跟随在他身边的年轻人，都熟悉他的一些从自身经历中总结出来的"名言"：

"一个数学家，任何时候都应该动脑子想问题，哪怕是最容易的问题，也不要轻易地放过。"

"有老师指点你很好，但没有老师指点也不要气馁。人的一生，随着老师走是短暂的，而独辟蹊径是主要的。"

"不要夸大'天分'，比'天分'重要得多的，是'勤奋'和'积累'，这是两把成功的'钥匙'。"

"学数学，要'拳不离手，曲不离口'，要经常锻炼，才能有收效。"

华罗庚也用自身的经历，为青年们树立了一

个活生生的自学成才的典范。他一再对青年们强调:"不怕困难,刻苦学习,是我学好数学最主要的经验。"

华罗庚在青年时代因为疾病,腿留下了残疾,但他从未自卑过。他懂得,真正可怕的残疾不是在肢体上,而是心灵和意志的不健全。所以,他在选拔学生、培养新人时,从来不在乎什么身体上的残疾。

有一次,他在广州给中山大学的师生们做报告。听讲的学生中,有一个半身瘫痪、依靠双拐走路的青年学生。

这个青年听了华罗庚的报告很感动,心头产生了一个强烈的愿望:要是毕业后能分配到北京,能在华先生身边做研究,该多么幸福啊!

不过,这个年轻人低下头看了看自己残疾的双腿,瞬间又自卑地打消了这个念头。

但是他是多么不甘心啊!要不,给华先生写一封信试一试?

经过好几个不眠之夜,这个年轻人最终鼓起勇气,给华罗庚写了一封信。信发走后,他一直惴惴不安地等待着。

不久,这个年轻人等到了华先生的来信,梦想成真了。安徒生笔下那个丑小鸭的童话故事,在这个年轻人身上变成了现实。

这个来到华罗庚身边的幸运的年轻人,就是后来也成为著名数学家的陆启铿。

崇高的理想

大树的怀抱是宽阔而温暖的,无数的小鸟可以在这里快乐地休憩、聚会、筑巢,大树会伸展苍劲茂密的枝叶,为它们遮挡风霜雨雪。

大树的爱是博大而慷慨的。那些绿草和野花,在大树的绿荫下自由地生长和盛开。到了秋天,大树会将自己的落叶化作春泥,用作来年小草和野花们生长的养料。

难以想象,像华罗庚这样名满天下的数学大师,不仅悉心关注和培养王元、陆启铿、陈景润这样的数学俊彦,而且会经常俯下身来,与广大中学生交流,让他们认识数学,喜爱数学。

从新中国成立开始,华罗庚亲自参与和组织了我国中学生的数学竞赛活动。他深知，"少年强则国强，少年智则国智"。中国的未来，中华民族的希望，在一代代茁壮成长的青少年身上，他们真正像早晨八九点钟的太阳一样！

华罗庚对中学生数学竞赛，从出试题到监考，再到批改试卷，都会亲自参加，不遗余力地去倡导和推动。有时候，他还会在百忙之中抽出宝贵的时间，在赛前给学生们做演讲。

工作之余，他还挑灯笔耕，为少年们编写了好几本浅显易懂的数学科普读物，如《从杨辉三角谈起》《从祖冲之的圆周率谈起》《从孙子的神奇妙算谈起》和《数学归纳法》等。

很多中学生和青少年读者是因为读到了这些深入浅出、饶有趣味的数学科普读物，从而对数学产生了强烈的兴趣，进而生发了对古老的中华智慧与文明，对现代科学探索，对数理知识和其他自然知识的好奇与热爱之心。

华罗庚认为，孩子们从中国古代的数学智慧里获得的，不仅仅是一些数学知识，还可以从中潜移默化地培养自己的民族自豪感、自信心和热爱祖国的崇高感情。

一九六二年春天的一个星期天,北京市八十多名高中数学竞赛的获奖者怀着激动的心情,来到了向往已久的中国科学技术大学,见到了他们心中的偶像——正在担任这所大学副校长的华罗庚。

少年们兴奋得像一群落在大树怀抱里的小鸟,叽叽喳喳,欢声笑语,整个会议室里热气腾腾,洋溢着蓬勃的青春气息。

"华爷爷,请您给我们谈谈自学经验吧!"

"华爷爷,请告诉我们,怎样才能学好数学呢?"

"请问,您是怎样学会独立思考的?"

天真烂漫的少年们提出的问题一个接着一个,让华罗庚应接不暇。

那天,华罗庚觉得自己好像也回到了少年时代,回到了当年缠着王维克老师问这问那的时光。

他鼓励少年们说,学好数学,也像学习其他科学知识一样,首先要树立远大的理想,要敢于探索别人没有解决的问题,要做好长期吃苦的心理准备。

他告诉孩子们:"世界上哪里会有平坦的、笔直的道路可走呢?求知识、做学问,都是漫长艰苦的过程,要学好数学,就得肯花力气,甚至绞尽脑汁,刻苦钻研,付出一般人不肯付出的代价。"

他向好奇的少年们分享了自己学数学的感受和经验:要多做习题,练好基本功,尤其不要轻易丢掉和绕过任何有难度的练习题。假如碰到了解不出来的难题,也不要气馁,暂时放下没关系,只要不放弃,经过一番钻研之后,总会解答出来的。那时候,你所获得的快乐和自豪感,也是别人无法获得的。

那天,他还给孩子们打了个比方:古时候,人们想"修炼成仙",一般会采用两种方法:一个是自己苦修,另一个是吃到可以长生不老的"金丹神药"。"你们想啊,世界上哪里会有这种'金丹神药'?所以,这后一种方法自然是荒唐的,不足为训;但是前一种'苦修'精神,却值得我们效仿。这种苦修精神,其实就是不怕困难,锲而不舍,刻苦钻研!"

最后,他和少年们一起,大声背诵了马克思的那句名言：

"在科学上没有平坦的大道，只有不畏劳苦，沿着陡峭山路攀登的人，才有希望达到光辉的顶点。"

华罗庚把殷切的希望寄托在这些朝气蓬勃的青少年身上，他自己在科学探索的道路上，更是不断地朝着新的领域进发，奋力攀登着一个又一个艰险的高峰。

一九六四年初，他给毛泽东主席写了一封信，还寄去自己写的诗，表达了一个美好的愿望：让数学和祖国的工农业生产结合起来，为国家宏伟的建设事业服务。

同年三月十八日，毛主席亲笔回信给他："诗和信已经收读。壮志凌云，可喜可贺。"

经过一段时间的实践和摸索，华罗庚发明了"统筹法"和"优选法"，这是在工农业生产中可以普遍应用的方法，不仅能提高生产效率，还可以提升和改进工作管理面貌。

于是，他用通俗易懂的文笔，写成了《统筹方法平话及补充》和《优选法平话及其补充》两本书，还一次次带领中国科学技术大学的师生，深入田野、企业、矿山和工厂，去宣传推广，教大家怎样应用这两种科学方法。

一九六五年，毛泽东再次写信祝贺和鼓励他："奋发有为，不为个人而为人民服务。"

中国有个成语叫"班门弄斧"，一般来说是带有嘲讽性的，但是华罗庚的看法正好相反——弄斧就应该到班门！

他的意思是说：你想要斧头，就要敢到班门去要，敢到懂行的专家面前去要。就像俗话说的"下棋找高手"，你要是找一个比自己棋艺还差的人，天天赢他的棋，那有什么意思呢？

所以，在华罗庚身边工作的人，都信服他讲的这个道理：弄斧到班门，下棋找高手。

一九七八年，在艰难中前行的祖国，不仅迎来了改革开放的新时期，也迎来了科学的春天。

一九七九年六月十三日，六十九岁的华罗庚，实现了他五十多年来一直在追寻的一个崇高的理想——

这一天，他光荣地成了一名中国共产党党员。

当时,他正在英国访问。在异国接到了党组织的通知后,他兴奋得整整一夜都没有入睡。

在那个夜晚,他在心中默默念叨着自己青年时代读过后一直也没有忘记的马克思的一段话:

"如果我们选择了最能为人类福利而劳动的职业,那么,重担就不能把我们压倒,因为这是为大家而献身;那时我们所感到的就不是可怜的、有限的、自私的乐趣,我们的幸福将属于千百万人,我们的事业将默默地,但是永恒发挥作用地存在下去,而面对我们的骨灰,高尚的人们将洒下热泪。"

回国后,他心潮澎湃,写了一首词《破阵子》,寄给了周总理的夫人邓颖超。词中有这样的句子:"五十年来心愿,三万里外佳音,沧海不捐一滴水,洪炉陶冶砂成金,四化作尖兵。……横刀哪顾头颅白,跃马紧傍青壮人,不负党员名。"他还为这首词写了几句题注,自我勉励:要向敬爱的周总理学习,"从严从实,戒夸戒浮,为党为国为人民而鞠躬尽瘁"。

邓颖超读了华罗庚的词,很受感动,就给北京

《支部生活》杂志写信:"他的诗,使人读了很受教育,很受鼓舞。科学家的态度,雄心壮志的誓言,跃然于诗句中。我非常赞成你们在《支部生活》杂志中刊登。"

巨星的光焰

一九八〇年五月二十一日,七十岁的数学大师华罗庚,回到了久违的家乡金坛。家乡的父老乡亲和一千八百多名师生,用他们的爱戴和敬仰之心,为少小离乡的游子搭起了一座心灵上的"凯旋门",热情地迎接了这位为家乡、为祖国赢得不朽荣誉的数学王国的"巨人"。

这天下午三点钟,华罗庚在众人的簇拥下,走进了全金坛最大的会场,为家乡近两千名师生和父老乡亲做了一场演讲。

他在演讲中讲述了自己从家乡金坛开始起步,大半生所走过的漫长而曲折的奋斗足迹,以及他心系家乡、报效祖国的心路历程。

他讲得十分动情,不时地被一阵阵热烈的掌声打断。

"我们的前途是光明的,我们的目的是能够达到的,我们的'四化'是能够实现的!"最后,他用这样几句铿锵有力的话语结束了演讲。

会场上的气氛就像被点燃了一样,掌声雷动,经久不息。

散会后,一大群朝气蓬勃的少年拥进县招待所,看望他们心中的科学家偶像和一直引以为傲的"前辈校友"。

少年们给华爷爷的胸前佩戴上了一枚金坛县中学的校徽。

慈祥的华爷爷一一询问他们的年龄,读几年级,是哪个镇哪个村的人。

有位少年告诉华罗庚:"华爷爷,我是白塔乡的人,我们那里流传着好多您刻苦学习的故事呢!"

"哦,是吗?"华罗庚慈祥地笑着,告诉孩子们,"这次我回金坛,还路过了白塔乡哪!从前,我家就住在原来城里的清河桥旁边,开了一个小铺子……"

同学们回答："我们都知道您小时候在小铺子里、在小阁楼上钻研数学的故事！华爷爷，您是我们家乡的骄傲，也是我们永远的榜样！"

"啊哟，这个爷爷可不敢当啊！"华罗庚轻轻爱抚着孩子们的肩头，语重心长地说，"你们现在的年纪和我当年初中毕业时的年纪差不多，可你们现在的条件比我那个时候好多了。那时候，我想多找一点儿算草纸来做练习题都不容易。孩子们，你们一定要珍惜今天的幸福时光，好好学习，天天向上，将来好为家乡争光，为祖国多做贡献啊！"

"放心吧，华爷爷，我们一定像您一样，学好本领，报效祖国！"

最后，孩子们都依依不舍地离开了华爷爷的住处。

华罗庚因为工作繁忙，不能在故乡久留，第二天就离开了金坛。

在离开金坛的时候，一个念头悄悄闪过他的脑海：今生今世，我还能再回来吗？

那一瞬间，他自己也不能做出肯定的回答。

他转过身去，拄着手杖，迈开步子，坚定地朝着前方走去，朝着祖国和人民期待他的地方，朝着美丽的科学和教育事业召唤他的地方，走去……

五年之后，一九八五年六月三日，应日本亚洲学会的邀请，华罗庚带着他的助手，前往日本访问和讲学。

在这之前，他患过两次心肌梗死，在这次访问过程中，他多半时间是坐在轮椅上。

六月十二日，他应邀到东京大学，做一场学术报告。

下午四时，由日本数学会会长小松彦三郎陪同，华罗庚手拄拐杖，缓缓走进阔大的报告厅。会场上响起了热烈的掌声。

四时十二分演讲开始。他离开了轮椅，坚持站着演讲。

一开始他用中文讲，由翻译现场翻译成日语。讲到专门的数学问题时，他征得了会议主席和听众们的同意，就操着流利的英语演讲起来了。他讲得

巨星的光焰

很投入，口若悬河，激情飞扬，不时地赢得阵阵充满敬意的掌声。

他讲得精彩，听众们也听得如痴如醉。

流利而漂亮的英语，底气十足的声音，更重要的是，一位数学大师充沛的学术激情、严谨而精湛的论述，都让日本的数学研究同行和大学生们为之倾倒。

讲着，讲着，他的额头已是汗水涔涔。

他索性脱掉了西装外套，然后又解掉了领带。他的率真，也赢得了全场的赞赏。

原本预定四十五分钟的演讲，在征求大家的意见后，又延长了二十分钟，一共讲了六十五分钟。即使这样，大家也仍然觉得意犹未尽。

他的演讲在暴风雨般的掌声中结束了。

最后，他说了一声"谢谢大家"，便在掌声中坐到了轮椅上。

这时，日本的一位女数学家白鸟富美子捧着一束漂亮的鲜花，向讲台走去，要献给华罗庚……

可是，就在这一瞬间，谁也没有料到，华罗庚突然从轮椅上滑了下来。

他的助手,还有在场的中国教授和日本医生,都惊叫着上去扶他。

他的眼睛紧闭着,脸色因为缺氧而呈现紫色——他已经完全失去了知觉。

虽然日本方面尽了最大的努力,但遗憾的是,最终也没能挽救他的生命。

这天晚上十点零九分,东京大学医院宣布,华罗庚的心脏完全停止了跳动。

就像将军死在战场上,学者长眠在书房中,艺术家倒在舞台的追光灯下,一代数学大师华罗庚,就这样倒在了自己的数学讲台上。

有一次,他曾对身边的同事说:"我最大的希望就是工作到生命的最后一刻。"人们说,他这句话,不幸成了谶语。

世界上还有比这更壮丽、更动人心魄的谢幕方式吗?一颗巨星陨落了,但是,巨星的光焰却腾空而起,照亮了整个天宇。

著名数学家贝特曼称华罗庚是"中国的爱因斯坦",认为他"足够成为全世界所有著名科学院的院士";大数学家哈贝斯坦赞誉华罗庚是"这个时代的国际数学家领袖之一";数学家克拉达则认为华罗庚"完成了中国数学"。

  数学家的生命结束了,但是,数学家的故事和精神,将永远在中国乃至全世界流传……